談愛傷感情

Presented by
Moscato with Ame Karasuba

Couple

王斯闓╳張肅良

談愛傷感情

Love Hurts

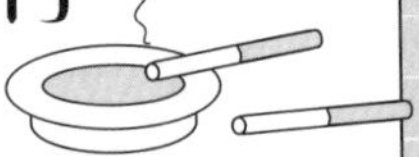

“不多嘴、不干涉是約炮的禮貌”

Love Hurts
Presented by
Moscato with Ame Karasuba

contents :

LOVE HURTS

談愛傷感情
目錄

Prologue

序章

恋は傷つくもの

Koi Wa Kizutsuku Mono

談愛傷感情

一滴、兩滴、三滴，水滴落在磁磚地板的頻率越來越密集，水量越來越多，而後是不再停歇的水流聲。

「喂、林小姐！」

除了液體淅瀝瀝漫出浴缸的聲響，一切都被沉默籠罩其中，電話另一頭的女聲由最初的虛弱，逐漸不再回應。

「林小姐！林小姐！妳還在嗎？妳有聽見嗎？林小姐——」

張肅良從未如此厭惡自己與生俱來的聽力。

不曾見過卻無比清晰的畫面被聲音勾勒出來。由上而下的視角清楚地瞧見女人斜癱在有些年分的老舊浴缸旁，藕白的手臂泡在水裡，腕間猙獰的創口隨著水流漂出一絲絲紅，將一整缸水染成觸目驚心的豔麗。

來不及疏通的血水轉眼已經淹過女人的小腿，染紅了純白的紗裙，更在有些發霉的牆面留下痕跡。傳統格局的浴室並不大，潮溼的空間充斥著讓人喘不過氣的濃厚鐵鏽味。

「你為什麼不救我？」

驀然響起的女聲嘶啞而淒厲，在對上女人空洞目光的瞬間，張肅良猛地睜開眼，瞪著隱約可見的天花板，呼吸急促。

打從十年前開始，重複出現的惡夢就像拖棚的歹戲，每年到這個時候便時不時發作。

劇烈跳動的心搏很快緩和下來，他甚至懶得起身換下被冷汗浸透的睡衣，只是盯著已經遮不住陽光的窗簾，忍不住嚅囁嘴唇。菸癮犯了。

張肅良賭氣似地一動也不動僵持許久，直到手機的定時鬧鈴聲響起，再次睜開眼的張肅良終是不甘願地起身洗漱。望著鏡中五官端正但臉色不算好的男人，他草草刮了鬍子，用毛巾抹了一把臉便著裝出門。

現在將近下午兩點，一如既往，張肅良打算上班前在附近隨意找間店面吃點東西果腹。最後他吃了一碗餛飩麵，順路在星巴克買了一杯冰拿鐵，然後比規定時間早了十分鐘打卡走進辦公室。

張肅良在接線中心任職超過七年，身為社工督導，除非必要早已毋須接聽電話。

但在線上同步聆聽負責接線的社工員應答，隨時視狀況調整業務量和提供支援，必須負擔的壓力並不見得比較少。更遑論督導本就被期待處理下屬面臨的各種議題，無可避免地概括承受各種負面情緒。

保護專線為家庭暴力、性侵害、性騷擾受害者，或遭遇疏忽照顧、身心虐待的兒少及身心障礙者，提供二十四小時全年無休的服務，期望有需求者都能獲得立即的協助。然而如此便民美意帶來的壓力只有線上的接線人員才知道，當看見來電燈號無聲閃爍時，心頭的焦慮和不安何其沉重。

轉眼八個多小時過去，幸而六月二十七日的今天，扣除誤撥、惡作劇和把保護專線當作聊天專線的四成無效來電，今晚處理的案件都還不至於太過緊急。在為個案進行簡單處遇和說明現行福利措施後，都能順利轉入系統，翌日再由各縣市自行安排專業人員介入評估。

之於接線中心，沒有任何通報自是不現實的奢望，因此對當班的社工而言，當日沒有發生需要立即請求警政協助的案件已是安全下庄。

當張肅良與這週到職的新進社工簡單面談，了解其適應狀況後已是晚上十一點。才緩步走出辦公室，他就聽見急促的腳步聲逐漸靠近，緊接著響起充滿活力的女聲，「督導再見，生日快樂。」

張肅良聞言一愣，驟然停下腳步，目送身旁的女性如雀躍的鳥兒飛奔而過。

「哎妳剛剛跟督導說什麼?」另一名女性的聲音響起。雖說已刻意壓低聲量，但礙於樓梯口空間有限，張肅良依稀可以聽聞兩人的對話。

「我祝他生日快樂啊，大家平常不是都會慶生，怎麼忽略了督導?好可憐哎……」

「噓!妳小聲一點，肅良督導不過生日，生日是他的禁忌。」

「什麼?為什麼?」

「聽說有個案在他生日當天自殺，所以就不過生日了。我也不確定，只是聽說而已。」

「可是做這行難免會碰到個案離世吧，督導竟然這麼想不開，不過十年也——」

聽聞兩道女聲漸行漸遠，身為話題主角的張肅良撇了撇上唇，決定在牽車前找個合適的地方抽一支菸。然而自從相關法令限縮後，抽菸者的生存空間便一再受到打壓，直到抵達酒吧將車停妥，都沒能找到合適的吸菸處。

平日張肅良的菸癮不算大，兩週才需要一包菸。但如同方才閒談的同事所言，

談愛傷感情

現在正值非常時期，菸草的味道多少能安穩男人浮躁的情緒。

「先生，我們店內禁菸。」

「抱歉，就只是嘴饞。」

取下叼在嘴上的菸，張肅良在吧檯邊的位置坐下，和方才出言提醒的年輕酒保點了杯酒，「一杯琴湯尼。之前好像沒見過你，新來的？」

「剛來幾天而已。您要指定琴酒嗎？」

「隨意就好。」

一般來說，會選擇坐在吧檯邊的客人大多抱持兩種心態，其一是沒有同伴，找酒保閒聊打發時間，再者就是間接釋放歡迎搭訕的信號，而張肅良就是兩者的綜合。夜半時分，正是痴男怨女傾巢而出的時候，以往設定得比天還高的條件頓時寬鬆許多。

張肅良身高將近一百八十公分，不算胖但腰腹免不了有些贅肉，多虧一副寬肩窄臀的骨架撐起疏於維持的身材，在昏暗曖昧的燈光下，讓搭配合宜的衣服一襯，堪堪稱得上形象頹喪的型男。

雖說不是絕對，但一如花種和蜜蜂的關係，外表難免影響吸引的對象。打從年輕時候開始，這副模樣便經常引來或青澀或稚氣的零號前仆後繼，今晚也不例外。

「來找幹嗎？」

張肅良對面色紅潤的少年揚起一抹笑，淡然吐出拒絕，「你很可愛，但是幹人太累了，今天我只想躺下挨幹。」

目送今天第三名搭訕者離開，一回頭就見年輕的酒保皺起眉頭，顯然無法理解張肅良的舉動。

「怎麼了？」

「你的說詞和剛才不一樣。」

張肅良自然清楚酒保問的是五分鐘前，自己隨口用只當一號作藉口打發前一名搭訕者，他聳了聳肩，「打炮就是一種衝動，他們看起來都滿好的，但偏偏無法誘發我的衝動。」

不過二十多歲的酒保實在太過年輕，望著對方面上不加掩飾的不以為然，張肅良笑著追加第二杯酒，隨口承諾道：「如果再有人來搭訕，下一個我就跟他走。」

「如果你說話算話，這杯算我請你。」

「一言為定。」端起被推至眼前的新加坡司令，張肅良對酒保舉杯。

然而兩人都沒料到，賭約談妥一個多小時後，雖說酒吧內人潮不減，卻不再有人走近。又是十分鐘過去，始終乏人問津的張肅良與酒保相視無語，最後忍不住笑出聲，「看來這酒錢我得自己出了，真是歲月不饒人，想當年我也算是炙手可熱的人物啊。」

「酒錢等等記得算。」

「哇你也太冷血了，至少也該安慰——」

「這裡有人坐嗎？」

未完的話頭被打斷，張肅良蹙著眉頭循聲回首，原先的不悅在瞧見男人俊朗的五官和明顯久經鍛練的身材時戛然而止。對上一雙眼尾微微下垂的瞳眸，張肅良的視線舔拭般地依序掠過男人壯實的胸膛、勁瘦的腰腹、以及包裹在長褲中的胯間與長腿。

童顏巨乳，即使在同志圈內也是天菜般的存在。

「隨便坐。」男人是視覺動物，張肅良得承認美色當前，原先淤積在胸口的鬱悶頓時少了大半。這也是為什麼每當情緒不佳時總要外出獵豔，效果比起抽菸好上不只一星半點。

「你很常來嗎？」

「你的意思是我看起來是常客嗎？」

「不、不是，只是你看起來好像和酒保很熟，剛剛看你們在聊天。」

聞言，張肅良自然不會放過這個破綻，「你偷聽我們說話？」

「沒有、我只是不小心所以才……」

見男人笑得侷促，張肅良不禁莞爾。

「我是不是在哪裡聽過你的聲音？」

張肅良挑起一邊眉毛，即便深有同感也忍不住揶揄，「真是別出心裁的搭訕。」

「不，我只是覺得很好聽，你的聲音很有磁性。」

仰首將杯中的液體飲盡，張肅良傾身欺近被逗得滿臉通紅的男人，壓低聲線，「我在床上可以叫得更好聽，想聽嗎？」

而後一切發展都順理成章，張肅良作主在鄰近的汽車旅館開了一間房。

在男人拿出證件登記入住時，站在身側的張肅良順勢瞥了一眼，名叫王斯閎的男人年紀比張肅良小上六歲，正是大好年華的二十七歲。

都是成年人，擁有共同目的的兩人進房後自是直奔主題。似乎是王斯閎先開始動作，在黑暗之中張肅良被人一把壓在門板上，充滿活力的熱息逼近，緊接著如同被大型犬舔舐般糊了一臉的口水。

張肅良被王斯閎的笨拙和猴急逗樂，拍了拍男人的後腰溫聲安撫，「慢慢來，別急。來、張嘴。」

他以舌尖描繪男人的下唇，極其耐心地來回舔吮直到對方發出不滿足的悶哼，這才探舌安撫急不可耐的王斯閎。徐徐劃過齒列和口腔內壁，而後勾著不得其法的笨拙軟舌追逐嬉戲。

那是一個溫吞的吻，不急躁不冒進，比起掠奪和赤裸的渴求，更似戀人間的撫慰和耳鬢廝磨。身為不時倚靠一夜情紓解生理衝動的同志，張肅良沒有情感潔癖，但以往也不熱衷和炮友接吻，然而對象是大型犬一般傻氣笨拙的男人，似乎許多底線都能一再退讓。

一吻方休，稍稍拉開距離的張肅良笑看仍半瞇著眼、面露陶醉的男人，「你不會是第一次吧？」

「不是，不過我……不是很擅長這個。」

「擅長什麼，做愛嗎？還是接吻？」

被調侃的王斯閎又一次滿臉漲紅，眨著一雙可憐兮兮的黑眸，囁嚅著道歉，

「抱歉。」

「沒事，乖，照我剛剛做的親我。」

房間都開了，親也親了，還藏掖著欲望未免太過矯情。既然王斯閎經驗有限，由張肅良主導也並無不可。取回掌控權的張肅良克盡讓自己爽也讓對方爽的職責，一步步引導他一路由親吻、撫摸、擴張，到真正真槍實彈地插入。

「啊嗯……」

「舒服嗎？」

躺在床上，視界因為覆上眸底的水氣而模糊，張肅良眨了眨眼，仰視男人欺近自己被架得老高的腿。

「可以親你嗎？」

找不到理由也不打算拒絕的張肅良發出一聲同意的低哼，同時弓起腰臀迎合

王斯閎的動作。「很舒服，嗯、那邊……再用力一點嗯啊……」張肅良該下指令的時候下指令，該扭腰的時候扭腰，該讚美的時候讚美，該呻吟的時候呻吟，配合得宜的兩人十分契合。

張肅良瞇著眼，沉浸在性愛特有的暢快中，不論是工作或生活上的煩悶全都隨著肉體一次次的碰撞拋諸腦後。沒預警地已經滿布吻痕的小腿肚傳來細微的刺痛，突如其來的輕咬逼出張肅良的驚喘，後穴下意識絞緊埋在裡頭的物事。

「還不准射。」望向額際滿布汗水的王斯閎，張肅良沉聲命令道，「不聽話的大狗狗是沒有肉骨頭吃的唔……」

王斯閎的性愛技巧確實如吻技那般生澀，然而歷經一番指點，好學又聽話的學生明顯有所長進，甚至時不時還能舉一反三，將張肅良伺候得如先前所承諾，在接連兩場酣暢淋漓的性愛中都叫喚得相當誘人。

事後，張肅良叼著沒點燃的菸，門齒碾磨著濾嘴懶洋洋地倚在床頭，渾身散發出欲望獲得紓解的饜足。

聽聞由浴室方向傳來的水聲，引人遐想且活色生香的畫面也隨之浮上腦海。霎時間靈光一閃，張肅良突然憶及是在何處聽聞王斯閎那似曾相識的嗓音。

就在昨日，週末的接線中心總是格外忙碌，時間早已過了中班的下班時間，但午夜的來電卻如同潮水般源源不絕地湧入。看著不斷閃爍的燈號和分身乏術的接線員，張肅良實在無法放心下班，就在男人猶豫的當口電話又響了。

抬頭掃視接線人員全數滿線的情況，張肅良嘆了一口氣按下接聽鍵，「保護專線您好，敝姓張，請問有什麼能為您服務嗎？」

「喂、喂……為什麼她不愛我？為什麼？那個小白臉哪一點比我好？」聽上去有些年紀的男聲突然扯著嗓子大聲嘶吼。

張肅良面色不變，冷靜地判斷對方的情緒極可能受酒精影響，「先生請問貴姓？您喝了酒嗎？」

「方，我姓方。我喝、喝了一堆！我他媽喝了一整大箱的啤酒！」

「方先生請問您在家嗎？」

「沒、沒有……誰要待在那個家……」

「您身邊有親友陪伴嗎？」聽聞背景傳出車輛呼嘯而過的響動，張肅良接連拋出幾個問題。

「我在哪裡關你屁事！管這麼多你住海邊嗎？」

對方不願回答他也不強迫，將話題拉回男人顯然相當在意的議題，「方先生您剛剛似乎提到感情上有些不順遂，方便和我說——」

耐著性子和對方東扯西扯地聊了將近四十分鐘，男人突然話鋒一轉，前一刻猶相當憤怒高漲的情緒驟然降至谷底，「唉，活著好累……做什麼都累……」

關鍵字句讓張肅良心頭一凜，放緩的語句更加字字斟酌，「現在已經凌晨一點，也許回家睡一覺稍微休息一下，會讓您感覺好一些？」

「休息？我當然需要休息，反正我也不想活了，乾脆從橋上跳下去噗通摔得粉身碎骨，一次休息個夠！」

見事態沒能好轉，張肅良無聲地嘆了口氣，直白問道：「方先生，您想自殺嗎？」

「活著也沒意義，不如死一死算了，一了百了也不用再浪費糧食了……反正那個臭女人也說了，我就是個成事不足的爛人，是個廢物，為什麼還要活著呢？」

比起探究男人陷入低潮的原因，張肅良更加專注能夠阻止憾事發生的拉力，

「當您選擇離開一定會有人為您難過，您能告訴我是誰嗎？」

「我爸媽早就死了，老婆也跟人跑了。沒有人在乎我……反正也沒有人會在乎我……」

聽聞男人的囈語，張肅良想也不想便按下強制顯示來電的按鍵，毫不意外畫面只跳出來電者的手機號碼。僅止一頓，張肅良連忙追問：「我啊，專線的我們都很在乎您。方先生請問您在哪座橋上？」

「這裡是……燈很亮，有風，很涼……好像是永什麼康還是福橋？」

「方先生，您能和我做個約定嗎？每當您覺得傷心，覺得不好受的時候，和我們聊聊，打來和我們說好嗎？」

「哦……可是我現在就想跳下去，下面看起來黑黑的，摔下去不知道會不會死……」

無暇為男人的自殺宣言感到緊張，張肅良壓下無可避免的焦躁，盡可能緩和語速，「方先生您現在人在北部嗎？」

「你怎麼知道！」

「因為我們在乎您，在乎每一個生命。」

男人顛三倒四說得籠統，幸而永康橋和永福橋的位置恰好分居南北兩處。猜測的答案獲得證實，張肅良加快打字速度，簡單填妥記錄便匆匆向警政尋求協助。

然而一般狀況下，鄰近的警力收到通報需要約莫十分鐘才能趕到現場，這意味著張肅良需要再穩住隨時可能失控的個案至少十分鐘。為此他試圖讓話題輕鬆一些，「方先生住在永福橋附近嗎？」

「對啊。」

「我記得那附近好像有夜市，總是很熱鬧呢，您平常會去走走逛逛嗎？」

「不過我老婆平常都要加班，所以我都自己吃飯……就算逛夜市也是一個人……夜市那麼多人，就只有我是一個……」一開始確實稍有成效，然而兩人的對話不過幾次來回，男人的情緒很快又再度陷入低潮。

「方先生、方先生，您的聲音有點模糊，可以大聲一點嗎？」眼見時間一秒一秒流逝，電話另一頭的背景音卻除了一直存在的車流聲外，始終沒有動靜，加上受到男人情緒狀況的影響，壓在張肅良心口的浮躁不斷增加。

或許是企求終於獲得了回應，熟悉的警笛聲伴隨男人粗重的呼息一併響起。然而不等張肅良感到鬆懈，就聽男人啞著嗓音如是說道：「風好涼，下面的水也看起來很涼快……如果跳下去，是不是就什麼煩惱都沒喀……」

男人的音量越來越小越來越遠，說到一半的話最後甚至被一聲脆響打斷，手機落地的同時敲碎了張肅良強撐的冷靜。六月分正是炎熱時，為了不讓二十四小時運轉的電話和主機過熱，辦公室的冷氣向來開得很強，他卻出了一身冷汗。

「方先生、方先生，請問有聽到嗎？喂？方先生？」

張肅良連聲呼喊，下意識伸手緊按掛在耳廓的耳機，彷彿能就此聽得更清楚一些。然而回覆的不是已經對話一個多小時的男聲，只有喧囂的車聲和分屬多人的吆喝。其中最為清晰的是一聲悶響，「噗通！」

頃刻間，張肅良彷彿親眼瞧見在昏暗的月色下，一個不知名的重物狠狠砸開水面，霎時間激起超過半個人高的浪花和波紋。沉默靜止了幾秒鐘，他猛地打了個冷顫，好似終於掙脫撲天蓋地的絕望，重新找回呼吸的本能。

「方先生？您聽得到嗎？」警笛聲已經停止，聽聞電話另一頭傳來的諸多聲響，張肅良心知混亂的現場無人有心力分神注意一支手機，卻無法克制一次又一次低聲呼喚，「方先生，還記得我們剛才的約定嗎？每當心裡難受時，和我們說話，和我們聯絡——」

張肅良捏了捏眉心，咬著下唇壓抑不斷湧現的菸癮。時間一分一秒地流逝，隔著電話什麼也做不了，只能乾等著通話或許不知何時會被外力影響而切斷。

卻不料沉寂多時的通話突然傳出人聲，「喂？」

「方先生？」張肅良瞳孔瞬間瞪大，滿臉期待。

「我是現場的急救人員。別擔心方先生沒事，只是嗆了一些水，有些挫傷但無大礙，我們準備把他送往附近的醫院。」

——王斯闓是電話中那位急救人員。

Chapter One

第一章

恋は傷つくもの

Koi Wa Kizutsuku Mono

無人能夠否認政令宣導的重要性，但之於各大企業和非營利組織而言，各式各樣的宣導不過是耗時卻又不得不配合的業務。為了不讓場面太難看，以往各中心會在人力許可的前提下推派幾名代表輪流出席，今天依然如此。

張肅良暫時告別電話響個不停的辦公室，慢悠悠地走進場地不算小的教室。課程還沒開始，裡頭已有稀稀落落幾抹人影正聚在一起說話。

上課地點在總會，授課對象自是擴及基金會北區的所有職員。張肅良雖說在接線中心任職多年，但各分會的辦公地點分散四處，鮮少有機會認識其他同事。

張肅良所在的中心今天派出三名人員，而他是最早抵達的一個。目光掃過一張張陌生的面孔，張肅良不是會上前攀談的個性，逕自找了一個後方的位置坐下。目的十分明顯，便是要藉這個機會偷閒補眠。

怎料事與願違。當課程開始後，猶在培養睡意的張肅良便詫異地發現前方講臺傳來的聲音似曾相識，抬頭望去就見一抹熟悉身影映入眼簾。

身穿鮮紅色制服的講師無他，正是上週六的一夜情對象。

一直以來，張肅良沒有也不打算經營穩定的交往關係，向來依賴獵豔處理性欲。幸而他的生理需求不算高，過往也從未發生再次遇見一夜情對象的尷尬場面，直到今日。

早先只知曉課程內容是消防宣導，但怎麼也沒想到會撞上這般巧合。瞥了一眼在眾人面前談笑風生的男人，張肅良心頭滿是悔意，千不該萬不該就不該答應同事交換參訓梯次的請託。

這廂張肅良尋思著王斯闓應是尚未察覺，只要隱在人群中保持低調，咬牙熬過為期半天的講習便能順利脫身，卻不料這鴕鳥般的打算竟在十分鐘後讓人猝不及防地破壞。

「那我們站起來演練一下吧。」

聞言，方才什麼內容都沒聽進去的張肅良一臉錯愕。眼見四周眾人在抱怨聲中依序起身，為了不太過突兀，他只能從善如流。

「大家想像一下，如果走在路上發現有人暈倒需要協助，首先需要做什麼？」

「叫醒他。」

不算熱情的回應似乎是宣導時的常態，身為講師的王斯闓也不在意，接著說道：「沒錯，首先要確認現場是否安全，再輕拍患者的肩部確認意識。那現在大家可以開始進行演練。」

瞟了一眼四處走動的王斯閎，張肅良揣著不安，模仿一旁的同事拍了拍充當患者的椅背，「先生、先生你還好嗎？」

「當你發現患者失去意識，接著要怎麼做？」

「打電話。」

「叫人。」

「沒錯，你可以大聲呼救，並請周圍的人幫你打電話叫救護車。但是注意一點，當人在緊張時很容易慌亂，所以記得要指明對象，例如穿藍色衣服的小姐，戴黃色帽子的先生。好了，該你們了。」

「來人啊，這裡有人昏倒了！這位小姐請妳幫我打電話。」

「這位先生，麻煩你——」

耳邊是眾人此起彼落的聲音，依樣畫葫蘆的張肅良心不在焉，一是此類心肺復甦術急救課程已經上過許多回，二則是那種懸而未決的忐忑實在惹人煩躁。

「有人幫你打電話的同時，你要做什麼？」

「CPR。」

「沒錯，當發現患者呼吸微弱甚至沒有呼吸，應該立刻施以心肺復甦術。

每分鐘按壓一百至一百二十次，壓胸動作要儘量避免中斷，直到醫護人員抵達現場。」

聽聞越發靠近的嗓音和腳步聲，張肅良心跳加速，不由得渾身僵硬垂首瞪著椅背，狀似認真地進行模擬。

途經身邊的聲響逐漸遠去，張肅良心頭竊喜，然而尚未來得及鬆一口氣，就聽見王斯閎不明所以地去而復返。

顯然一如往常，好運終究沒有降臨。

「那位先生、先生——」

張肅良當然聽見了來自不遠處的呼喚，然而他只是充耳不聞，一邊低聲報數，一邊埋頭繼續手邊的動作。個性散漫的張肅良向來懶於參與團體活動，更何況在眾人面前出風頭。

張肅良鐵了心打算置之不理，反倒是身旁熟識的女同事先看不下去，「督導，那個……老師好像在叫你。」

手肘處傳來輕拍，實在沒辦法繼續裝傻，張肅良抬頭的同時以餘光環顧四周，不幸地發現自己身旁清一色都是女性，根本找不到推諉的對象。

「先生，你的姿勢很標準。我需要一個助手，你願意上臺協助我嗎？」男聲再次響起，張肅良望著已經停在跟前的王斯閎沒搭腔，只是不著痕跡地皺起眉頭，選擇沉默以對。

「教室裡大多都是女生，為了避嫌你願意嗎？」王斯閎說著又前進一步，一雙明亮大眼流露出讓人不忍拒絕的懇求。

社福圈內本就以女性工作者為大宗，一如此時，放眼整間教室只有三名男性，王斯閎把話說得冠冕堂皇，眾目睽睽之下張肅良迎著壓力，只能不甚情願地點頭。

「看起來大家的姿勢都還算合格，不過我再針對幾個重點簡單講解，待會可以使用安妮練習。」

隨著王斯閎走上講臺，張肅良在男人的指引下，立跪在假人安妮身旁。

「首先像這位先生一樣，跪在患者身邊，兩膝微微分開與肩同寬。手肘打直，兩手交疊互扣，掌根置於胸骨下半部，壓胸深度大約五至六公分。」

身後的王斯閎貼得很近，屬於他人的體溫近在咫尺。張肅良能夠清晰地感覺到溼熱的氣息是如何拂過耳廓，一隻骨節分明的手掌又是如何隨著解說，依序撫過自己的大腿、手肘和手背。

成年男性的氣息將張肅良籠罩其中，雖不至於因此被挑起欲望，但卻免不了幾分心蕩神馳。

「記得每次按壓要等患者的胸部回彈，再進行下次按壓。沒錯就是這樣，可以再用力一點。」

或許是因為若有似無的肢體觸碰，張肅良不合時宜地想起多日前的場景。

當時同樣是讓王斯閎由身後環摟的體位，只知道依循本能的男人沒有多少技巧可言，但性器每一次的進犯都盡職地沒根埋入，直頂得張肅良忍不住發出悶哼。至於始作俑者則是如同尋求褒獎的大型犬，湊在張肅良耳邊頻頻關切，這樣舒服嗎？還要再用力嗎？

「民眾版的心肺復甦術我們不要求一定要進行口對口人工呼吸，可以省略吹氣步驟，只進行壓胸。」

經過片刻的恍神，喚回張肅良的依舊是王斯閎的聲音。別於歡愛時的性感喑啞，此時的男聲顯得乾淨爽朗。

「如果現場還有其他人也會胸外按壓，能夠兩人輪替，直到⋯⋯」

溼熱的吐息再次拂過後頸，張肅良猛然一顫，連忙逮住險些飄離的思緒。

看似容易的按壓動作實則頗費體力，張肅良定了定神，盯著面露微笑的塑膠製假人，額際已經沁出薄汗，時間在無比尷尬的此時顯得格外漫長。

幸而沒讓他等太久，王斯閎的說明總算告一段落。示意的輕拍觸感仍殘留在肩頭，張肅良在王斯閎的攙扶下站起身，這時才後知後覺地發現維持同樣姿勢的兩腿已經發麻。

收到王斯閎關切的目光，張肅良沒作聲只是小幅度地搖了搖頭，輕輕掙開男人的手。見王斯閎眨了眨眼似乎還欲說些什麼，張肅良卻只是投以冷淡的目光，硬生生將之逼了回去。

「讓我們以掌聲感謝這位先生。」只見男人可憐兮兮地垂下眉眼，邊說邊討好似地偷覷張肅良，「如同剛才的調查結果，曾經實際操作過心肺復甦術的人很少，真正需要時難免有點驚驚。為了減少緊張，接下來的實際演練我建議大家都試試看。」

王斯閎此話一出，就聽教室內掀起一片譁然。部分學員心生退卻，同樣也有部分學員已經躍躍欲試。見男人被湧上的數人圍住，張肅良連忙趁隙溜回座位。

王斯閎預留的演練時間相當充分，足夠所有學員幾番猶豫後再上前實際演練，而期間教室難免有些吵鬧，恰好將不願引人注意的張肅良埋藏其中。

他找了一個不被打擾的角落，盡可能將存在感降至最低，不尷不尬地熬著。

直到時間來到十一點四十分，王斯閔終於宣布課程結束。

張肅良暗自呼了一口氣，將隨身物品收拾妥當，正準備與約好一同聚餐的同事離開教室，卻先一步被男聲喚住，「先生不好意思，現在有空嗎？有些事想和你討論一下，只要幾分鐘就好。」

「什麼事？」見同時又有數道目光落在自己身上，張肅良無聲咂了咂嘴，格外想念尼古丁的氣味。

「我叫王斯閔。」

「嗯，我知道。」即使張肅良沒在上週瞧見王斯閔的證件，今天依舊會在課堂開始時的講師介紹得知。

「你呢？我能知道你的名字嗎？」

不是沒有看見男人眼中的期待，但適度的裝傻之於張肅良並不困難，「我姓張。」

「噢、那——」

「督導，要等你嗎？」打斷王斯闊的是一道活潑的女聲。

張肅良看了一眼聲源，又回頭看了一眼明顯面露挽留的王斯闊，最後朝候在門邊的同事擺了擺手，「你們先去，傳地址給我，等等過去找你們。」

他重新面向王斯闊，「有什麼事長話短說，我還有約。」

「那、張……督導你都什麼時候去酒吧？我每天都有去，但是都沒碰到你……」身材高大的男人垂下雙肩，如大型犬般毫不掩飾自己低落的情緒。

搔了搔一頭鬈髮，只在有生理需求時才外出獵豔的張肅良嘆了口氣，沒有多加解釋，而是反問：「王先生你難道不知道規矩嗎？不多問，不多說，如果意外碰上了，要裝作不認識。」

「原來是這樣嗎……」

「你剛才的舉動，擺明是讓我難堪。」

話音方落，就見被誤會的王斯闊一臉驚慌地連連澄清，「不、當然不是，我只是……」

張肅良當然看得出王斯闊並非別有居心，刻意說重話的原因無非就是要對方長些記性，也算是趁機報了老鼠冤。

「沒什麼事的話，我先走了。」

他原以為男人會就此退卻，卻沒想到才剛轉身又被王斯閎伸手拉住，「等等，我們還能碰面嗎？」

視線循著搭在手臂的熱度一路而上，最後撞進一雙盈滿熱切的瞳眸。

興許是憐憫王斯閎初次尋歡的印痕作用，又或是源於張肅良自己也不清楚的理由，男人鬼使神差地交出了聯絡方式。

過往的經驗顯示，通常搭訕者會在大約三天至一週後釋出第一次的邀約，既可吊人胃口也不至於表現得太過急切。然而直率過頭的王斯閎或許根本不清楚、也做不來這種小技巧，兩人告別甚至不到三十分鐘便急吼吼地傳來訊息。

「**哈囉，今天很高興能見到你。**」

眸底倒映出手機螢幕上的笨拙開場白，張肅良忍不住笑出聲。他很快便發現兜著圈子閒話家常的男人似乎有別於過往那些目的明確的炮友，相較王斯閎的別無所求，反倒顯得直奔男人肉體而去的張肅良太過現實。

不過張肅良心頭那一丁點愧疚，終究不敵懶散的個性，他將顧慮拋諸腦後，隨著自己的情緒任意而為，時而迅速回覆，時而已讀不回，時而不讀不回。

有別於吸引力有限的日常對話，張肅良只在生理需求湧現時格外積極。一如此時，「比起便當或湯麵，我晚餐更想吃某種又粗又硬的東西，你願意請客嗎？」

「我願意！我很樂意！」

「我現在餓了，有外送服務嗎？」

「有！隨時可以出發！」

幾句話添上若有似無的暗示，煽情的字句輕而易舉地撩起年輕男人的欲望，王斯閎受寵若驚地一口咬住拋出的餌食，甘願上鉤。

所謂炮友，便是以身體的碰撞取代言語交流，相約碰面後寒暄自是顯得多餘。

「這是？」

「我不喜歡吃飯的時候被打擾，所以要乖乖的。」張肅良伸手輕拍王斯閎的臉頰，為男人調整覆上雙眼的領帶。

見王斯閎一臉緊張，張肅良抬腿跨坐在男人身上，以靠得極近的距離對王斯閎的頸根呵出一口熱息，然後張口輕咬因此被染紅的耳垂，不意外地換來男人一陣顫抖，他低笑著吐出調侃，「怕被我吃掉嗎？」

「可以、溫柔一點嗎？」

「我會努力不夾太緊。」被王斯閎的反應逗樂，張肅良一邊以會陰和臀縫磨蹭男人勃發的性器，不待王斯閎回話，便動作熟稔地引導存在感十足的陰莖撐開穴口，利用重力一點一點地往體內吞。即便嘴上忙著喘氣調節呼吸，仍舊不忘打趣，「如何，我需要給你適應的時間嗎？」

最後回應張肅良的是覆上臀肉揉捏的大掌，來自下身猝不及防的一個重頂逼出張肅良的驚呼，而後便是狂風驟雨般的急躁節奏，為熱辣的夜晚揭開序幕。

轉眼間，兩人維持這種肉體關係已經一個多月，一來二去，似乎有逐漸穩定的趨勢。對此張肅良沒有多想，畢竟和一個身材好得沒得挑剔的年輕天菜打炮，似乎沒什麼好猶豫的。

而今天是繼政令宣導後，兩人第三次相約碰面。張肅良得承認，眼睜睜看著一張俊朗的面孔因為自己幾句話而漲紅，確實相當有成就感。

前幾回的經驗讓張肅良意外發現王斯閎似乎對西裝情有獨鍾，而這也成了逗弄男人的資本，於是向來懶散的他這天特意選擇一套休閒西裝，別於以往的穿搭自然也引來細心同事的注意。

「督導今天穿得這麼帥，有約會吼？」或許是身處女性居多的工作環境，這是今天第三個人對此表示意見。

「妳的意思是我平常都穿得很隨便嗎？」聽聞同事善意的打趣，張肅良既不慌也不惱，只是淡淡然地回了一句。

「我是說特別帥啦，督導再見。」

「明天見。」張肅良收回目光，垂眉看了一眼傳出震動的手機，猶豫片刻後，終是在發動機車前回覆訊息。

他很快抵達目的地，將車停妥後緩步走向兩人約定的位置。那是一間人來人往的書局，身形熟悉的男人正杵在騎樓旁低頭滑手機。

「嗨，等很久嗎？」

「咦？不、沒有，督導你——」

見王斯閎話說到一半突然陷入怔忡，張肅良眨了眨眼，「怎麼了？」他被男人的反應討好得莞爾一笑，目光掃過面露侷促的王斯閎，調侃爬上眼角。

或許，王斯閎對西裝的偏好遠遠超乎張肅良的預期。

「你是打算繼續站在這裡發呆，還是換個地方做點別的事？」

「哦、那個……」被喚回理智的王斯闕傻愣愣地搔了搔頭，有意無意地錯開視線，「剛下班應該餓了，你有想吃什麼嗎？」

「我吃過了。」

「咦？好吧……那預約好的房間就在前——」

「今天特地約在外面就是為了要吃飯嗎？」早在得知碰頭地點時，張肅良便產生疑惑，畢竟過往的經驗大多是直接相約旅館，有時為了避開櫃臺審視的目光，甚至會乾脆給房號。現下得知男人的打算，張肅良總算理解緣由。

「呃、因為我想說你剛下班可能會餓……」

望著有些喪氣的王斯闕，張肅良搖了搖頭，不由得彎起嘴角，「不是不行，但下次得先說清楚。」

談話之間，兩人來到距離書局不遠的汽車旅館。相較張肅良的泰然，上前與櫃臺人員搭話的王斯闕顯然緊張許多。

這是兩人之間不成文的默契，提出邀約的一方需要負責安排當晚各種瑣事，包括選擇旅館、事前訂房和準備保險套。除了初識那晚，頭兩次碰面均由張肅良主導，直到今日。

與王斯閎先後走進還算整潔的室內，張肅良反手將門帶上終於發話，「好了，別垂頭喪氣。」

「不，我只是……抱歉……」

「對著這種表情，我可硬不起來。」男人悶悶不樂的模樣映入眼簾，張肅良抿了抿唇，依舊克制不住嘴角上揚的弧度，不加思索的戲謔脫口而出，「打炮之前難不成還得先逗你開心？像是跳個脫衣舞。」

「真的嗎？」

對上一雙驀然發光的瞳眸，張肅良實在忍不住低笑出聲，「當然是假的。」

「哦……」

一把將失落的王斯閎推坐在床上，居高臨下的張肅良瞇起眼，屈起的膝蓋抵在男人兩腿之間，隔著布料有意無意地摩娑逐漸隆起的物事，「那麼喜歡西裝？」

「和我想像的一樣，督導很適合穿西裝，很色，很好看……」

「我該把這句話當作稱讚嗎？」

張肅良不置可否地哼了一聲，伸手挑起王斯閎的下頜，拋出下一個疑問，「既然如此，衣服是要脫，還是不要脫？」

「不能……各做一次嗎？」

張肅良挑起眉梢，故意板起臉，「你太貪心了。」

「唔、那還是……穿著很棒，脫掉可以看到全部也很棒，可是脫掉又太可惜了……」

見王斯闊可憐兮兮地左右為難，張肅良得承認，自己確實樂於見到如大型犬般憨厚的男人陷入苦惱，「如果你好好表現，給你一點獎勵也不是不可以。」

果不其然王斯闊雙眼一亮，語氣興奮，「我該怎麼做？」

見狀，張肅良不禁失笑，「不是該先問獎品是什麼嗎？」

「不是做兩次嗎？」

被逗樂的張肅良發出一聲悶笑，指腹撫過王斯闊的嘴角，「真是知足的孩子。那來吧，曾經做過嗎？」他在微微挺胯的同時，將男人的腦袋往自己腿間壓低，目的不言而喻。

見王斯闊傻愣愣的良久沒有反應，張肅良也不懊惱，「不願意也沒關係，不勉強。」

出來玩不過是圖開心，前一秒在床上摟摟抱抱打得再火熱，穿上衣服後也只是萍水相逢的陌生人，自然毋須為此鬧得不愉快。

「不、不是，我只是在想我從來沒做過，如果咬到怎麼辦？」

王斯閎超乎預期的發言令張肅良失笑，「都這麼說了我怎麼還敢給你吹，還是算了吧。」

張肅良對口交沒有特殊偏好，原先不過是隨口一提，見眼下男人有所遲疑正打算作罷，後退的去勢卻先一步被制止。

「我想試試。」

「你真的不用勉強。」

「雖然沒有做過，但我想嘗試看看，督導可以教我嗎？」

張肅良正欲再勸，卻在對上一雙興奮瞳眸時改口，「好吧，記得別用牙齒。」

褲鍊被拉開，沒了貼身布料的遮掩，微微勃發的性器隨即暴露在空氣之中。沒讓張肅良等太久，傾身湊近的王斯閎下意識抽動鼻頭，未待張肅良發話，腿間的物事便被人納入一個溼熱的空間，湧現的快意讓他忍不住發顫。

「哈唔、對……」嘆息溢出嘴角，張肅良的手指陷入男人的髮叢，瞇起眼，挺腰的同時無意識攥緊掌心，將王斯閎拉得更近。

「舔一舔前面，還有下面的球，伸手摸一摸嗯……」或許是因為抽菸，張肅良的聲音在低吟時總較平日多了幾分曖昧的嘶啞，「動一動舌頭，對唔……」

一如接吻，王斯閎的口交技巧當然稱不上熟練，然而笨拙的動作勝在積極和熱情，又是舔弄又是吸吮，最後張肅良在男人手口並用的刺激下達到高潮。

「我做的好嗎？」

「做得不錯。」呼出一口長氣，張肅良以拇指抹開男人殘在嘴角的淫痕，偏著腦袋對已經將手指滑向後方的王斯閎彎起嘴角，「你想怎麼做？」

「就這樣，衣服不要脫……可以嗎？」

「我還沒……」

語都還沒說完，張肅良便覺得一陣天旋地轉，管理平衡感的小腦方才意識到騰空離地，身體就已在一旁的長型沙發著陸。迫不及待的男人已經手忙腳亂地將潤滑液擠上掌心。

「等等，我還沒做準備。」

「我也可以幫──」

張肅良沒讓王斯闓把話說完，語氣雖不嚴厲卻隱含不容拒絕的認真，「不可以，讓我起來。」

「喔……」

目光掃過失落的男人，站起身的張肅良沒有作聲，逕自走進浴室。

比起真槍實彈的性愛，張肅良認為事前的準備工作更加隱私，以兩人目前的關係來看明顯不合適。

不多時，梳洗完成的張肅良走出浴室，雖說衣物相同，但男人渾身上下都透出一股清新的潮溼氣息。有些意外王斯闓的沉默，他率先挑起話題，「你要洗澡嗎？」

「我洗過才出門的。」

走近似乎仍陷入打擊的王斯闓，張肅良直接跨坐在男人腿上，在對方驚慌失措地抬起頭時彎起嘴角，「地毯有我好看嗎？」

「沒、沒有。」

「你總是這樣傻乎乎的嗎？這樣唔……」或許是一回生二回熟，王斯闓學會不再徒勞解釋，而是以行動說話。張肅良的低笑很快就被碾磨在唇齒之間，揉合著唾沫化作曖昧的吟嚀。

褲子連同貼身的底褲一起被扯下，經過擴張的穴口溫順地包裹入侵的外物，柔軟的內壁隨著男人的呼息自主收縮，似討好也似無聲的催促。

當生了薄繭的手指撤出，王斯闊戴上保險套的性器緊接著取而代之，直至沒根埋入。即便是飽識情欲滋味的身體，容納男人陰莖的那處構造依舊不是如此用途，無可避免的悶脹與不適讓張肅良蹙起眉頭。

但很快的，當敏感點被不斷頂弄，張肅良就如同饜足的貓科動物，瞇著眼仰起頸項，毫不吝嗇地給予鼓勵，「嗯、啊……好大唔好棒、就是那裡……」

王斯闊似乎是憋得太久，敏感的肉柱禁不住甬道連連絞緊，第一次的高潮來得又快又急。在張肅良詫異的注視下，男人的面頰頓時漲成豬肝色，險些連話都說不好，「我、我……抱歉……」

「沒事，再來一次。」無人樂意興頭上被打斷，但同為男性的張肅良清楚難免有狀態不佳的時候，彎起嘴角笑了笑，也沒打算再打擊王斯闊，「做得到吧？」

「可以！」

「別讓我等太久。」

「我、我很快就好……」只見王斯閎一邊偷覷張肅良，一邊手忙腳亂地更換猶殘留溫度的保險套。多虧男人年輕力壯，不過幾句對話的時間，王斯閎的性器已經渡過不應期，毛毛躁躁地重新埋入同樣迫不及待的肉穴。

「嗯、真不愧是年輕人，體力真好唔……」

王斯閎像是一隻撒嬌的大型犬，唇舌不斷流連在他的頸項和前胸，時而吸吮時而啃囓。

「啊嗯、啊……別留痕跡啊……」

「胸口也不行嗎？」

「你是狗嗎？」搔了搔男人的髮絲，張肅良笑著弓起腰迎合下身越發劇烈的進犯。

「對唔、再來嗯……」他瞇起眼抿了抿唇，伸腿勾住王斯閎的臀肌好讓體內逞凶的物事進得更深一些，腿間脹大的性器隨著兩人的動作不斷甩動，在無人觸碰的情況下汩汩滲出黏液。

「哈、唔……我要射了……」下意識揪緊身下的床單，張肅良粗喘著達到高潮，熱燙的液體盡數灑在自己缺乏鍛練的柔軟腰腹。

「督導、督導……我也可以射了嗎？」

對上一雙無辜晶亮的瞳眸，沉浸在餘韻中的張肅良懶洋洋地抬手揉亂男人的頭髮，啞聲笑道：「可以，你可以射了。」

或許是為了一雪前恥，今晚的王斯閎格外纏人，前前後後換了好幾個體位，整整做了三回方才罷休。體力不如人的張肅良被操得氣虛腿軟，最後憑著不服輸的自尊心拒絕男人的協助，強撐著走進浴室。

梳洗過後好不容易緩過氣的張肅良，正打算教育王斯閎何謂縱欲過度，卻沒想到反倒被男人先一步搶白，「督導對不起，我的表現似乎還是不足以知道督導的名字。」

張肅良一愣，這才憶起前一次隨口一提的推託之詞，怎料王斯閎不僅當真，還耿耿於懷。大概是看不慣男人那副烏雲籠罩的模樣，衝動下的產物已經躍出舌尖，「我叫張肅良，嚴肅的肅，善良的良。」

「那我可以叫你肅良哥嗎？」

沉浸在悔意中的張肅良被問得一噎，下意識想要拒絕，卻猛地憶及另一個代表工作職稱的選項。稱呼意味著會反覆提及，兩相權衡之下，他勉為其難地選擇聽上去有些陌生的稱呼，「隨便你。」

說是謹慎也好，說是膽怯也罷，張肅良向來將公私分得極為清楚。但王斯閎顯然是個變數，打從最初開始至今，兩人已數次在工作領域中意外碰頭。這令張肅良有些不自在，卻又忍不住暗罵自己過於草木皆兵，擺盪不定的結果便是一次又一次的心軟。

下次絕對不可如此，張肅良一邊套上因為歡好而起皺的衣物，一邊如是告誡自己。

Chapter Two

第二章

恋は傷つくもの

Koi Wa Kizutsuku Mono

在資訊爆炸的二十一世紀，隨著社群網路蓬勃發展，隔著螢幕和鍵盤爆料及發聲的正義之士也越來越多。之於無人關注的社會角落而言似乎是喜事一樁，相反地之於勤勤懇懇為工作奉獻的工作者而言，無疑是沉重的打擊。

在過去的經驗中，被打擊的對象可能是警方，可能是醫護，也可能是社工。而這回，後者又一次被點名。

那是一個風和日麗的午後，知名的連鎖火鍋店內服務生送上的肉片才剛下鍋，排休的張肅良和幾名朋友正聊得熱絡，煞風景的手機鈴聲卻在此時響起。

當著眾人的面，張肅良接通來電，「喂？」

「督導，我是宥伶，出事了……」

並不陌生的哽咽女聲讓張肅良蹙起眉頭，「怎麼了？」

「臉書、臉書社團上有人爆料，他們說……個案會死掉都是我們的錯。督導，怎麼辦？」

「哪個個案？妳有貼文的網址嗎？先傳給我看。」

點開網址一看，張肅良這才詫異地發現在專門爆料各種社會案件的粉絲專頁有一則匿名投稿，經過大半天的延燒，被分享近萬次不提，更已成為各家新聞媒體爭相報導的題材。

貼文內容繪聲繪影地敘述黃姓女子為了孩子忍受丈夫家暴數十年，最後不堪折磨在日前選擇結束生命。投稿人自稱是黃姓女子的娘家親屬，在文中表示對其遭遇的同情，並直言女子會輕生都是社政、警政及受案單位的疏忽怠慢，方才導致憾事發生。

貼文並未細說個案背景，但由幾個關鍵字張肅良一眼便認出故事主角的身分。黃姓女子是接線中心的常客，隔三差五便會來電報案，到後來甚至會指定接線人員的編號。

依照慣例，接線人員會透過報案者的敘述進行安全性評估，倘若情況可能危及報案者性命便會立即通報警方，由當地派出所前往關切。若否則會填寫通報記錄，將個案轉介各地方政府進行後續追蹤。

根據過去電話中得到的訊息，張肅良猶記個案曾在社工協助下聲請保護令，但黃姓女子缺乏獨立的經濟能力，離婚成了遙不可及的選項。如此抉擇在實務上屢見不鮮，雖有保護令但兩造始終維持同居狀態，那一紙令狀根本形同虛設。

張肅良上一次聽聞黃姓女子的狀況是在半個月前，當時尚且一切如昔，直到今日無預警地爆發，夾帶著一面倒的輿論震得整個社福界為之動盪。

整起事件中，每個人看似都沒有錯誤，卻又似乎都做錯了。張肅良告別友人，顧不上依舊餓得前胸貼後背匆匆趕回辦公室。

「督導，我……」

看著已經哭紅雙眼的賴宥伶，清楚多說無益的張肅良張了張嘴，終究沒作聲，只是拍了拍嬌小女性的肩，逕自走向辦公室後方的獨立隔間，「主任。」

「你來了，抱歉打擾你的假日。」

「市府那邊準備怎麼應對？」

「他們正試圖透過粉絲專頁的小編聯繫投稿人，才能掌握第一手資訊。黃姓女子因為家暴多次進入系統，這種風口上家防應該也忙著檢視個案記錄，確認處遇過程沒有疏失。至於我們，我已經請人調錄音記錄了。」

「主任，那宥伶這邊——」

「沒事，別擔心。就算我們想要出來擔責任，市府那邊還不肯呢。總之後續就麻煩你跟進進度，有任何問題再立即反應。」

話雖如此，等到張肅良確認過錄音記錄，並花費一個多小時處理賴宥伶的情緒，最後頂著夜色踏出辦公大樓時，卻被顯然久候多時的記者堵住去路。

「先生，你是接線中心的員工吧，能請你針對這次的案件發表意見嗎？」

「你曾經接觸過黃姓女子嗎？」

「請問你認為接線中心有疏失嗎？你認為誰該為黃小姐的死負責？」

被不知分屬多少新聞媒體的數十人團團包圍，耳邊是或清晰或模糊的提問。望著不停閃爍的鎂光燈和拍攝中的攝影機，張肅良伸手格開湊到鼻下的麥克風，一時間只覺得眼前的場景格外荒誕。

過去事不關己的議員、記者、鄰居，和多到數不清的網路鄉民在一夕之間成為專家，爭相將矛頭指向一線工作者。他們責備家防中心的社工潦草結案，責備警方並未及時趕到現場，責備賴宥伶沒在電話中對黃姓女子多加關心。

然而這些在黃姓女子在世時、從未接觸亦無所作為的傢伙，憑什麼說三道四？

千斤重的煩躁在胸口翻騰，張肅良張了張嘴欲說些什麼，最後礙於理智尚存，終究只化作輕飄飄的一句，「抱歉，無可奉告。」

「大眾有知的權利，先生請你透漏一些內幕吧！」

「我們只是想還原黃小姐死亡的真相，請協助——」

無視又一次如巨浪般席捲而來的提問，張肅良態度強硬地擠出人牆。好不容易擺脫糾纏不休的記者，他揣著無處宣洩的情緒直催機車油門。返家後隨便吃了一碗半生不熟的泡麵敷衍不斷抗議的胃，梳洗完畢仰躺在床上，在黑暗中瞪著天花板，卻一點睡意也沒有。

張肅良伸手撈過床頭的手機，原先打算隨便看些東西打發時間，卻不料一打開社群網站，映入眼簾的全是社福圈朋友針對此事發表的意見。

然而同溫層帶來的暖意稍縱即逝，張肅良就如同撲火的飛蛾，在好奇心驅使下一連點開幾則痛批社政辦事不力的新聞，於是胸口本就持續悶燒的怒火揉合著憤慨和無力感，越燃越旺。

有心人士透過網路爆料案件，導致現有體制被公審不是頭一遭，自然也不會是最後一回，這番認知讓張肅良更加鬱悶。

驀地，手機傳出的提示聲響打斷男人的思緒，螢幕躍出一則訊息：「**晚安，睡了嗎？最近的事情還好嗎？**」

張肅良望著毫不掩蓋試探意味的問句，腦中不自覺浮現的靈動瞳眸讓他動作一僵。停滯良久，最後男人沒有回覆訊息，而是將微微發燙的手機隨手一拋，闔上眼讓視界歸於黑暗。

翌日清晨，一覺到天明的張肅良倦意依舊，頂著不豫的面色一邊更衣著裝，一邊尋思除了早餐，還得順路買杯咖啡醒神。正當他牽著機車走出騎樓，就聽見陌生的男聲突響，「學長。」

張肅良擰著眉抬頭張望，見四下無人，也沒多想便戴上安全帽。

「學長等等，是我，高彥騰。」男聲再次響起，這一回自報名號的聲源已近在咫尺。

張肅良驀然停下動作，慢騰騰地回頭望向來人，那是一名西裝筆挺的男人，「高什麼？誰？」

「學長，你的反應真傷人。」

「有什麼事嗎？」瞥了一眼笑容爽朗的男人，張肅良率先別開目光，試圖避免理智被如浪潮般湧現的記憶淹沒。

高彥騰，一個久違、且曾經再熟悉不過的名字。

直到不歡而散以前，張肅良在大學時期曾與高彥騰交往長達兩年。一段失敗的戀情與戀人表裡不一的紊亂私生活成了張肅良心頭的疙瘩，已然將其遺忘的說法不過是自欺欺人的謊言。

「只是聊聊，學長有空嗎？」

「我們沒有話題吧。」睨了一眼外型依舊亮眼，但較大學時成熟許多的男人，張肅良跨上機車不願多談。

「黃小姐呢？你們一定聊過不少吧？」

「你問這個做什麼？」他的目光警戒地掃過高彥騰，這才後知後覺地憶及男人在畢業後似乎朝媒體圈發展，多年後的偶遇顯然別有目的。本以為昨日記者蹲守在辦公大樓外已十分過分，不料高彥騰竟不知從何處得知自己的地址，直接追到家門外。

「學長別那麼緊張，只是想和你聊聊，我保證不會報導沒經過你同意的資訊。」

「我看起來很蠢嗎？」

「學長你誤會了，你看這裡只有我自己一個人，沒有攝影機也沒錄音，我可是很有誠意的。」

「那我豈不是還要感恩戴德？」張肅良扯起嘴角，忍不住發出嘲諷的冷笑，「別來煩我，我什麼都無可奉告。」

他在尾音落下的同時催動油門，機車平穩地滑上車道，將還欲多說的高彥騰拋諸腦後。

「是哪個混蛋把我家地址給高彥騰？我保證下手俐落，讓他死得乾脆。」

張肅良想了一路，將可能的出賣者鎖定在大學畢業後還有聯繫的幾個朋友。一進辦公室坐定，便拿起手機在名為「有雞可乘」的群組留言。

等待片刻後，率先回覆的依舊是喜歡湊熱鬧的陳鳴予，張肅良當年在外租屋的室友之一，「高彥騰？差點都要忘記這個名字了，你們還有聯絡？」

「照你的意思，你見到高彥騰那個渣男了？長得和以前一樣帥嗎？怎樣，有沒有趁機打一炮？」說話口無遮攔，句句不離性愛的則是同為室友的洪非凡。

「學長，沒事吧？」一陣嬉鬧後總算有人拋出關切，毫無意外的是與張肅良當年同系、至今同行的直屬學弟。常有人說社工具有一種特質，而陸竟人便是完美的例子。

「沒什麼，只是昨天才因為那個案子忙得要死，一早又碰上想趁機挖內幕的混蛋。」

「看來高彥騰是長歪了啊，當年還滿帥的，真是可惜了。」

「歲月果然是一把殺豬刀。」

眸底倒映出損友們你一句我一句的回應，張肅良撇了撇嘴，反唇相譏的手指動得飛快，「你們幾個就不會學學竟人說人話嗎？」

「那是竟人的工作，我們只負責說幹話，大家各司其職。」

張肅良不認同地搖了搖頭，還未來得及反駁，陳鳴予已經將話題帶開，「大白怎麼沒出聲？」

隔了片刻，被點名的周晉哲方才回話，「是我。高彥騰昨天私下來問我你的近況，說因為看到新聞想關心所以我才……抱歉，我沒想到會這樣，我不該自作主張……」

終於揪出凶手，張肅良反倒罵不出口了。這一群朋友畢業多年始終有聯繫，不僅因為同為圈內人，更因為除了個性隨和且怯懦的周晉哲，個個沒臉沒皮，開起玩笑葷素不忌。

當年四個大男生合租家庭式公寓，三餐加上消夜全都仰賴外食，一個比一個邋遢，若非周晉哲主動包辦家裡大小事，或許幾人早被埋在垃圾堆中。也由於周晉哲的個性隨和，凡事看得認真，大伙雖說口頭上難免占些便宜，但真碰上正事全都有意無意地讓著幫襯著。

經過一番插科打諢，張肅良氣頭上的怒火也消去泰半，嘆了口氣如是回覆：

「算了，算你欠我一次，下次你請客。」

「肅良抱歉，是我多事了……」

「夠了夠了，換個話題，所以到底炮有沒有打成啊？」洪非凡打斷周晉哲的道歉，話鋒一轉，焦點再次落到張肅良身上，大有逼問到底的氣勢。

「看到他都萎了，打個屁啊。」

「也是，畢竟他都人老珠黃了，自然不比嬌嫩欲滴的小狼狗有搞頭。」

「大早多時，我也想要小狼狗啊，改天借我用一次吧。」

陳鳴予和洪非凡句句開黃腔的腥羶話映入眼簾。或許是被群組沸騰的氣氛影響，張肅良低笑出聲發出回覆，「滾吧你們，等我用爽了再考慮看看。」

「那個、我想知道到底小狼狗的滋味如何？」在群組內幾個年過三十的男人沉浸於對年輕肉體的渴求時，勇敢提問的是蘇子舟。

蘇子舟是群組中年齡最小的一個。張肅良等人大學畢業時，蘇子舟甚至還未入學，會加入群組全都拜同樣是社工系的陸竟人牽成。

「子舟你自己就是小狼狗，應該問問你家爹地的感想吧。」

和群組內幾個四處獵豔的大齡剩男不同，張肅良這位小學弟早早便定下目標，經過多年苦苦追求，總算在大學畢業那年將相差二十歲的監護人追到手，也因如此沒少遭人調侃。

蘇子舟臉皮厚度不比洪非凡，很快便敗下陣求饒，「Evan 哥！」

「幹嘛酸成這樣啊？」

「欲求不滿的男人惹不得，不懂嗎？」

見交班的時間已經差不多，張肅良戴上耳機笑著關閉手機螢幕，不再和幾人胡鬧。

即便各大社群網站讓人惱怒的言論尚未退去，地球依舊旋轉，該做的工作依舊少不了。大概是受到黃姓女子的事件影響，今日由鄰居或親友通報的案件量較以往高了不少，除此之外也增加許多一接通就是謾罵的來電。

鈴聲直響的結果，便是整個中心忙得人仰馬翻。

「原來如此，聽起來真的很辛苦很難熬，被霸凌還能夠堅持下來，妳真的很厲害。」

來電求助的是一名女高中生，理應花樣的年華因不堪同儕惡意排擠罹患憂鬱症，發病時總將割腕視為抒發壓力的管道。

聽聞電話另一頭時而低泣，時而歇斯底里的咆哮，張肅良臉色不變地溫聲提問：「妳努力撐了這麼久都有定期就醫吃藥，是什麼讓妳改變心意？不，妳真的很棒，如果是我一定也會這樣想。」

並未否定對方偏激而負面的想法，見已經逐漸獲得信任，張肅良抓準時機試圖切入正題，「為了想讓霸凌者後悔而傷害自己，但自殘了那麼多次妳覺得有效果嗎？」

此話顯然戳中對方的痛點，情緒激動的女孩頓時潰堤，在撕心裂肺的哭嚎後哽咽得幾乎說不出話。

「除了自殺，會不會還有其他更有效果的做法？」另一頭靜默多時，最後回應張肅良的是電話被切斷的斷線聲音。

「喂？喂喂？」即使早已習慣應付五花八門的案件，面對這種情況依舊難免惆悵，張肅良暗嘆了口氣，無暇多想電話又來了。

忙碌令時光飛逝，為了應付一通接一通的電話，張肅良甚至連水都沒得喝，轉眼已經鄰近下班時間。安分整天的手機突然傳出震動聲，他想也不想便接通來電，「喂。」

「學長，我是彥騰，等等有空一起吃頓飯吧。」

「你怎麼會有我的電話？」話一出口，張肅良便意識到自己多問了。

「那麼久不見，學長不願意和我敘舊嗎？」

男人的嗓音彷彿一把鑰匙，塵封的回憶在霎時間被喚醒。高彥騰是張肅良同社團的學弟，若非同學鼓吹，生性懶散的張肅良必定不會參加四處辦活動的服務性質社團，亦不會與高彥騰相識相戀。

當時是誰先主動追求的已經說不明白，兩人對外是形影不離的好友，私下則是分享親暱、一同度過無數節日和紀念日的戀人。過程雖不是一切順遂，但磕磕絆絆著也祕密交往了好些時日。高彥騰是雙性戀，對外並未出櫃。張肅良曾經天真地以為只要兩人在一起的時間足夠長久，不論是公開戀情或是後續的一切阻礙都能迎刃而解。

然而一如常見的俗爛八點檔，虛假的童話終究迎來盡頭。在交往多年後，張肅良輾轉從知曉內情的朋友口中得知男人已在外流連花叢許久，身邊的女友一個接一個換。像是擔心張肅良會執迷不悟，友人甚至不知從何處弄來照片佐證，畫面中高彥騰與陌生女性互動親暱，俊男美女看上去儼然一對羨煞旁人的情侶。

更令張肅良震驚的遠遠不止如此，猶記當時拿著照片和高彥騰對質時，男人面上不見絲毫緊張或侷促，神態依舊一往情深，「學長別擔心，我最喜歡你了。」

「那她呢？」直勾勾望進一雙盛著誠懇的瞳眸，與過去無異的甜蜜愛語聽在張肅良耳中成了最諷刺的笑話。

「你誤會了，我和她只是普通朋友。」

瞧見男人一臉淡定地扯謊，張肅良氣得險些說不出話，「呵，會接吻的普通朋友？」

「那只是玩笑。」

「我們之間才是玩笑吧？會相信你的我才是天大的玩笑……」甩開男人搭上自己手臂的手，因過度使勁而踉蹌的張肅良只覺得一陣天旋地轉，視界因湧上的水氣陷入朦朧。

「學長、學長？」思緒被男聲打斷，回過神的張肅良愣了兩秒才確認自己所在何處。

他強壓下急促的呼吸，盡力自發緊的喉間擠出聲音，「看在過去的情分上我還肯聽你說這些廢話，別再打來了，我不想聽到你的聲音也不想見到你。」

張肅良蹙緊眉頭掛斷電話，將高彥騰的號碼拉進黑名單後，也沒有繼續工作的心情，見下班時間已過，索性收拾隨身物品拎著背包向外走。途經始終忙碌的開放式辦公空間，張肅良詫異地發現原先被填滿的座位不知何時有了空缺，「宥伶呢？我記得早上有看到她。」

「她上午有來，接了幾通電話後似乎人不太舒服，下午就請假了。」

「她狀態還好嗎？」見吳敏貞面露難色地搖頭，張肅良暗嘆一口氣，不再多問，「我會再找她談談。」

賴宥伶並非初出茅廬的社工，中心亦為接線人員安排不少教育訓練，針對可能面臨的突發狀況進行事前演練和心理建設。然而真正碰上這種事，任誰都需要一些時間和空間調劑心情。

身為過來人，張肅良清楚那種個案離世時的強烈自責感，加上輿論鋪天蓋地的譴責，孤獨的賴宥伶必然不好受。心知此時此刻做什麼都只是徒勞，但張肅良本就處於低氣壓的情緒依舊免不了受到影響。

他走出辦公大樓，在大門口左右張望，確定不見記者蹤影，才熟門熟路地來到無人的防火巷內，如同溺水之人尋求浮木般急切地將菸點燃。

望著車水馬龍的街道，張肅良叼著濾嘴深深吸了一口，讓煙霧留在肺部片刻才悠悠吐出。一吸一吐，男人的動作屢次反覆，一支菸很快便燃至盡頭。

張肅良也不幸地發現，即便是熟悉的菸草味也沒能安撫心頭的焦慮，煩躁地自菸盒叼出第二支菸，沒有點燃，只是一邊嚙咬著濾嘴，一邊動作俐落地傳出一則訊息。

「想打炮，現在有空嗎？」

與王斯闓的對話框內可以清楚瞧見昨晚刻意置之不理的訊息，對方的小心翼翼襯托出張肅良的無禮及自私。他瞪著手機螢幕，終究沒有多加解釋。

他正思忖著倘若王斯闓的時間無法配合，是該聯絡過去的炮友或乾脆找間酒吧獵豔，然而未得出答案，男人的回覆來得十分迅速。

「有空！幾點？在哪裡？」

「六點半，地點和上次一樣。」

僅僅一秒，張肅良的手指都還沒離開螢幕，畫面又跳出一則訊息，「沒問題，我現在就出門！」

他見狀，嘴裡咀嚼的動作一頓，不禁莞爾。

昨日下班前，王斯闓接到一名院外心臟停止的病患。救護車奔馳途中以心肺復甦術持續施救將近二十分鐘，將病患送進急診室時和搭檔的同事兩人已累出一身汗。值得開心的是，該名病患經過搶救已經恢復自主心跳。

他懷著這份欣喜，在下班返回租屋處的同時傳出一則關切的訊息。然而隨著時間一分一秒流逝，期待逐漸被失望取代，枯等一夜遲遲沒有得到回應。為此他鬱悶了一整天，不只飯量少了一半，就連例行的體能訓練都提不起勁，直到毫無預警地接獲邀約。

王斯閎發出一聲歡呼，回覆訊息的同時一躍起身，樂不可支地以極快的速度梳洗更衣。他滿心雀躍地抵達指定地點，隨著張肅良走進房間，「肅良哥我們哇啊……」才剛開啟話頭，手臂猝不及防傳來向前扯動的力道，整個人順勢被壓倒在床上。

就在分神的瞬間，衣物已被扒去大半，王斯閎連忙拉住伏在自己身上的張肅良，「肅良哥，我們不用洗澡嗎？」

「你介意嗎？」

聞言，王斯閎的頭搖得如撥浪鼓。

「那就行了，繼續。」

張肅良的手已經由腹部探進褲襠，旖旎曖昧的氣氛正好，王斯閎卻忍不住直勾勾盯著男人緊鎖的眉頭提問：「肅良哥你還好嗎？」

「為什麼這麼問？」

就算沒有特別注意時事，也抵擋不住循環播放的新聞，打從得知黃姓女子的事件，王斯閎便對社福體系挨批一事很是上心。

張肅良從未談過私事，他只能從那一回偶遇的政令宣導推測男人應是社福相關從業人員，尋思著張肅良可能受到此次風波的影響，只是礙於缺乏開口的時機，傳出的訊息亦石沉大海。

如今終於親眼見到了本人，張肅良外表看上去與平日無異，但反常的急切和籠罩周身的鬱色卻讓王斯閎無法不在意，顧不上多想問句已躍出舌尖，「你看起來心情不太好，是工作上有──」

關切被抵上唇瓣的手指打斷，王斯閎眨了眨眼，傻愣愣地仰頭望向張肅良。

「不多嘴、不干涉是約炮的禮貌，這種多餘的話只要再多說一句，今晚就算了吧。」男人語調溫和，態度卻是極為不搭調的強硬。

張肅良的反應全然超乎預期，王斯閎一怔，下意識圈住男人的手腕，為自己的踰矩道歉，「抱歉……」

或許是因為年齡差距，性格相對笨拙的王斯閎總是處於被動，而張肅良則是穩當地占據主導位置，得以輕易拿捏王斯閎的情緒和欲望。

「想讓我開心嗎？」一如此時，張肅良簡單一個問句就讓陷入低落的男人重燃希望。被迫抬起下顎的王斯閎眼睛一亮，連連點頭。

「那就閉嘴幹我，用力一點，把我幹得只會呻吟。」只見張肅良俯身欺近，沙啞的聲線彷彿帶著細鉤，將王斯閎本就不安穩的心湖撩撥得更加紛亂。

為了證明自己，王斯閎可謂相當賣力，盡力發揮先前所學，該摸就摸，該親就親，或許不熟練卻熱忱十足。在張肅良的催促下前戲並不長，男人很快便就著黏糊糊的潤滑液提槍上陣。

當性器被熱燙的甬道包裹，王斯閎發出一聲滿足的悶哼，試探性地擺動腰部，「肅良哥，這樣舒服嗎？」

「唔、那裡……啊、那裡用力一點……」

見張肅良反應良好，王斯閎俯身將手臂撐在男人臉側，撈起一條膚色白皙的長腿架上肩頭，一邊加大進犯的動作，一邊在敏感的大腿內側吮出曖昧的紅紫，「這樣？」

張肅良不喜歡身上被留下痕跡，然而幾經試探，王斯閎已經隱約能夠抓住那條透明的限度。若是咬在頸項這種容易被看見的位置必定會被阻止，相反地若是選擇鮮少示人的部位，則會被默許。

小聰明得逞，王斯閎尚未來得及竊喜，頸項便被一勾，「不夠……嗯、再更深更大力哈啊……」溼熱的喘息呼在嘴角，甚至比親吻來得更加撩人。

自從認識張肅良，王斯閎才發覺自己對於情色的想像太過貧瘠。身下的男人前額貼著汗溼的髮絲，眉頭緊蹙，看似已無法承受更多刺激，卻扭著腰，嘴裡吐出吟嚀貪婪索要。

視線沿著張肅良主動迎合的腰臀一路而下，膠著在被性器撐開並貫穿的狹窄肉穴，別不開眼。這番美景讓王斯閎口乾舌燥，下腹益發騷動，本就勃發的陰莖硬生生又脹大一圈，逼得張肅良發出一聲似嗔似惱的咕噥，「唔、又大了，好脹……」

男性對於生殖器的尺寸總有說不清的執著，擅自將張肅良的話視為稱讚，自尊心被滿足的王斯閎更加激動。他伸手扶住張肅良的肩，另一手掐住男人的膝彎，將兩腿擺放成更容易動作的姿勢，確保每一次挺胯都能狠狠撞進溼熱的甬道，摩擦過前列腺直頂深處。

「哈、啊……」不枉費王斯閎的賣力，張肅良很快迎來第一次高潮。白濁的精液全灑在隨著呼吸起伏的腹部，為方才的性愛留下再醒目不過的證據。

見處於不應期的張肅良瞇著眼調整氣息，王斯閎正準備撤出自己依舊充血的性器，卻被一把拉住。

「再來一次。」比起徵詢，男人的語氣更似宣布一項決定。

「可是你才剛射完，現在繼續的話——」

「繼續。只要你能把我幹得除了呻吟以外什麼也不能想，幾次都行。」

「幾次都可以嗎？」

「這就要看你的表現了……」

甜美的餌食近在咫尺，與頭上的王斯閎完全找不到拒絕的理由，低頭吻上那對瀲灩著水光的唇瓣，急躁地拉開下一場狂歡的序幕。

這一次，肢體交纏的兩人一連又做了兩回方才停歇。

只見張肅良彷彿饜足的貓，懶洋洋地伸展因為情動仍泛著淺绯的身體，「啊，總算舒服一點了。」大概是性欲獲得滿足，張肅良緊繃的神經顯得放鬆許多。

「所以肅良哥你開心了嗎？」

「還行。」

王斯閎愣愣地看著赤裸的男人伸手自散落在地的衣物中撈出菸盒，從中叼出一根菸，斜倚在床頭點燃。

「不過等等再來一次我會更開心。」發話者慢悠悠地吐出一口煙霧，對著王斯閎笑得漫不經心。

「沒問題，再來幾次都——」王斯閎跟著咧嘴一笑，尚未平息的欲望輕而易舉地被男人的一個眼神撩起，正想說些什麼，煞風景的鈴聲卻在此時大肆鼓譟，

「啊抱歉，是我的手機。」

「喂、雄哥，現在嗎？好，我人在外面，過去至少要三十分鐘。」

通話結束後，王斯閎搔了搔腦袋，一臉為難地望向猶在吞雲吐霧的男人，「肅良哥抱歉，我得先走了，工作上臨時有事。」

「你該不會是翹班被抓到了吧？」

對上張肅良質疑的目光，王斯閎連忙喊冤，「當然不是，突然發生了火警，隊上臨時叫支援。哎喲，好緊……」

事發突然，一身歡愛後的氣味來不及梳洗不說，當王斯閎匆忙套穿衣物時更驚覺褲頭因為半勃的欲望險些扣不上。

他正急得抓耳撓腮，便聽見不知是真是假的提議傳來，「不然我幫你吹出

來？」

下意識望向聲源，王斯閎沒能辨別張肅良目光中饒富興味的含義為何，反倒被男人以舌尖舔拭下唇的動作撩撥得性器又脹大一分。

「肅良哥都你啦！」察覺自己生理反應的王斯閎侷促地紅了臉，欲蓋彌彰地微微側身，試圖避開張肅良的目光。不愧是需要和時間賽跑的消防員，從接獲通知、穿戴衣物到衝出房間，一連串動作只花費不超過兩分鐘的時間。

「肅良哥，再見！」

沒了製造熱鬧的聲源，房內重歸寂靜。約炮的對象中途離席，原先徹夜狂歡的準備自然無法繼續，也沒了賴在床上的心情，張肅良熄掉菸起身走向浴室。

倉促的敲門聲卻在此時響起。他一愣，隨手撈起被單圍上腰際，湊近貓眼向外一看，方才道別不過一分鐘的面孔映入眼簾，「有東西忘記拿嗎？」

「肅良哥，可以親你一下嗎？」

意外的反問讓張肅良面露錯愕，「什麼？」

「道別吻，電視都這麼演的，今天原本想試試但剛才忘記了。」笑容靦腆的消防員一邊說一邊反手把房門帶上。

「也不是不行，但是唔、嗯……」

似乎是因為時間有限，向來小心翼翼的王斯閎顯得格外急切，沒讓張肅良有機會把話說完，就將他壓在玄關邊。張肅良牙關失守，不請自來的舌尖長驅直入，以不放過絲毫角落的氣勢，沿著齒列一路掃蕩。

這個吻綿長而深入，氧氣在貪婪的索取中消磨殆盡，兩人越發粗重的鼻息全交融在一塊，不分彼此。每一次張肅良試圖將相熨貼的唇瓣拉開距離，王斯閎便追上來，一次又一次糾纏著逼出張肅良的低吟。

王斯閎的吻技可說是張肅良按著自己偏好一手調教，隨著每一次的練習更加熟練，也更加符合張肅良的心意，至於透出濃濃個人風格的纏人小動作，倒是增添許多情趣。就是再嚴苛的考官，也得承認王斯閎今晚的表現因為這一個大幅進步的吻加分不少。

抵死的纏綿總算趕在失控前結束，張肅良彎起隱隱發麻的嘴角調侃道：「不趕時間了哼？」

「啊！」還欲索吻的男人頓時大夢初醒，「肅良哥再見。」偏頭在張肅良頰邊印上一吻，隨即拔腿就跑。

望著王斯閔匆忙消失在樓梯間的背影，張肅良不禁莞爾。他得承認與自己相對頹廢的氣質不同，王斯閔或許有些笨拙，但天生帶著感染力十足的歡樂，用於消弭煩惱確實小有幫助。

Chapter Three

第三章

恋は傷つくもの

Koi Wa Kizutsuku Mono

「阿弟仔別睡了！救護！」衝進一片漆黑的寢室，剛被警報吵醒的王斯閎加大手上晃動的力道，低喚睡在門邊下鋪位置的身影。

喊完隊上年齡最小的李宇丞，王斯閎無暇確認隊友是否已經清醒，便忙著去找隔壁床上鋪的王振雄，「雄哥救護！」

一番兵荒馬亂後，同樣睡眼惺忪的兩人一邊匆匆套穿衣物，一邊跟著王斯閎急奔下樓。然而幾人才剛來到一樓，就見王振雄猛地在值班臺前停住腳步，「幹我就想說怪怪的，今天不是我啦！阿閎你快去叫大頭！」

王斯閎聞言，顧不上猶在抱怨的王振雄，連忙折返把今日備勤的彭明峰叫醒。就這麼耽擱了幾秒鐘，待綽號大頭的彭明峰拎著裝備跑出分隊大門，李宇丞早已發動救護車候在外頭接應。下一秒，響徹雲霄的鳴笛聲劃破夜空，而後漸行漸遠。

兩人收回目光，率先打破沉默的是王斯閎，「雄哥抱歉，我搞錯了。」

「沒事，常有的事。」年近四十的男人打了個呵欠，搔了搔蓬亂的頭髮，踩著緩慢的步伐返回寢室。

燈火通明的消防分隊重歸平靜，王斯閎抬頭望了一眼掛在牆上的鐘，時針甫超過數字1不久，這表示漫漫長夜才剛開始。值宿本就令人精神緊繃，加上方才的救護警報，王斯閎仰躺在簡陋的值宿床上睡意全無。

望著天花板，腦中胡亂浮現白天到轄區國小進行消防宣導時孩子們天真爛漫的提問、餐餐與平日相差無幾的菜色、傍晚時阿婆電話中的貼心叮嚀，亦或是方才出錯的疏失。

他側過身拿出手機，胡亂翻看幾個常用的網頁和社群軟體，又連線平日打發時間用的對戰遊戲。最後，在因為心不在焉接連吃了數場敗仗後，終究忍不住點開已經沉寂半天的對話框。

猶豫片刻後選擇無視擾人清夢的可能，王斯閎硬著頭皮傳出一則訊息，「肅良哥，睡了嗎？」

他在心頭默算秒數，尋思對方若在五分鐘後沒有回應，便要厚著臉皮自行延續話題，但出乎意料地張肅良回覆了。

「剛下班。」

雖說只是簡短的句子，已足夠令王斯閎感到雀躍。好不容易得到回覆，當然不會放過趁勝追擊的機會，「今天這麼晚才下班？」

「這個月是中班。」

「調整作息很辛苦，尤其是半夜特別會肚子餓，你有吃點東西嗎？」消防員的作息同樣得配合輪班時間調整，難熬的箇中滋味王斯閎自是深以為然。

不等張肅良回覆，一個突發的念頭掠過男人腦海，「對了，肅良哥你喜歡甜食嗎？」

「普通，不討厭但也沒有特別喜歡。」

「那肅良哥後天有空嗎？」

「要幹嘛？」

螢幕上的兔子貼圖雙手抱胸，瞇著眼一臉警戒和質疑。見狀王斯閎只覺得心頭漫開一陣騷動，嘴角忍不住彎起一道上揚的弧度。

「我那天休假。」

「我大半夜下班後只想睡覺。」

不在意被拒絕，王斯閎立刻報上其他休假時間，「我大大大後天也休假！」

「那天我一樣是中班。」

「沒關係，再隔兩天我也有休假！」

歷經一來一往的攻防，或許是被王斯閎擾得煩了，張肅良總算鬆口，「好了好了，後天就後天吧。」

「肅良哥晚安。」

喜孜孜地敲定碰面的時間和地點，王斯閎光是想像張肅良一臉莫可奈何的模樣，整日的疲倦便一掃而空，睡意全被期待取而代之。

即便是王斯閎本人也無從知曉，張肅良竟能對自己造成如此巨大的影響。男人如同一個謎團，看似散漫親和卻又拉起一道界線拒人於外，兩人之間彷彿隔著一道隱形的玻璃。王斯閎就像不知卻步的雛鳥，一遍又一遍衝撞透明的界線，試圖拉近距離。

一如不久前在旅館發生的情況，看著被觸怒的張肅良冷下臉，王斯閎除了受傷，無疑是愧疚的。事後，自認不會說話的男人為此進行了好一番自我檢討。

雖然因而受挫，王斯閎反倒更加關注越演越烈的黃姓女子事件，毫無意外地，他同樣發現社群網路上眾人屢次轉發的消息主角相當熟悉。望著張肅良獨自一人被記者圍堵的畫面，不捨和心疼混合著兔死狐悲的憐憫，在剎那間燒成憤怒的大火。

王斯閎沒能將滿腹心事傳達給明顯排拒的張肅良，只能透過運動抒發。待被激起的情緒稍稍平復，這才詫異地驚覺張肅良的工作地點便是近日的話題中心，而男人似曾相識的聲線確實早在兩人初識那一夜前便已隔著電話聽聞。

翌日，即使整個晚上接連被警報吵醒三回，都不能影響王斯閎的好心情。依序進行例行性的工具檢查、消防訓練和裝備維修，一個上午很快便過去。此刻將近下午一點，王斯閎拿到配發的雞腿便當，隨意扒了幾口飯，注意力就被手機畫面中五彩斑斕的照片吸引。

淺粉色的草莓慕斯、咖啡色的黑巧克力、深綠色的抹茶、鮮嫩欲滴的水果切片，個個精緻可口，令人食指大動。

「阿閎……」

王斯閎正看得入迷，隱約聽聞什麼聲響也沒反應，直到後腦勺毫無預警地受到突襲，「痛！」

「喂阿閎，你聾了嗎？難怪阿凱跟我說你最近怪怪的，吃飯發什麼呆！」

「哎喲雄哥，很痛欸。」撫著吃痛的部位，王斯閎抬頭望向施暴的王振雄。

「一直看手機，該不會是交女朋友了吧？」

「沒有啦。」欲蓋彌彰地將手機反扣在桌上，王斯閎嘴上否認，但一抹熟悉的身影卻浮上腦海。

「看看你那心術不正的眼神，你雄哥什麼角色，會這樣被騙過去嗎？」王振雄的吆喝當即引來眾人的注意，幾名隊友紛紛圍上來，「什麼！誰交女朋友了？」

「惦惦吃三碗公啊，王斯閎快從實招來。」

「漂亮嗎？」

「腿長嗎？身材好嗎？」

眾人你一言我一語，尤以年資不足一年的李宇丞最為激動，唾沫連帶著飯粒噴得四處都是。

穿西裝特別漂亮，身材不錯，腿也很長，尤其是纏在自己腰上的時候……王斯閎在心頭答得歡快，嘴上不忘扯開話題，「那個，我後天生日。」

火熱的八卦之心被兜頭淋上冷水，幾人頓時不滿地發出噓聲。

「哎哎哎，你們連聲祝福都沒有嗎？」

「哦，生日快樂。」

也不在意隊友的敷衍，王斯閎自顧自地將話題導向原先的目的，「我在找蛋糕店，大家有推薦的嗎？」

「哇這麼可憐，自己的蛋糕還要自己買。」

「學長，我們大伙幫你慶祝好了。」

「說得這麼好聽，大頭你只是想吃蛋糕吧？」

打鬧聲中，只聽得王振雄突然發出一聲驚呼，「啊，之前聽我老婆說過一家店還不錯，打算下個月買那間的蛋糕慶祝妞妞生日。」提及自家兩歲大的女兒，男人的眉眼盈滿笑意。

「雄哥你說哪一間？」

「不記得了，我要問問。」

顧不上只吃一半的午餐，王斯閎眼巴巴守在王振雄身旁，生怕一不留神答案便會趁隙溜走。約莫二十分鐘後，輾轉得到答案的王斯閎捧著手機同樣笑得合不攏嘴，「謝了雄哥，也幫我謝謝嫂子。」

距離約定碰頭的明日午夜還有時間，尚且足夠男人在網頁琳瑯滿目的選項中做出決定。

夜色正濃，只見一輛以紅白二色為基調的機車停靠在道路邊，頭戴安全帽的車主屢次左右張望，試圖確認導航是否有誤。

雖說地址正確，但明顯是住宅區的街景與預期截然不同，張肅良皺起眉頭，連忙撥通王斯閎的號碼，「喂，你給錯地址了吧？這裡都住宅，哪有旅館？」

「肅良哥你到了嗎？你先找位置停車，在樓下等我一下。」

「等什——」話還沒說完電話就被掛斷，張肅良瞪著手機，忍不住暗罵前些天心軟的自己。

找了個位置把車停妥，張肅良正欲再次撥通電話，就聽見熟悉的呼喚在跟前響起，「肅良哥，上樓吧。」別於透過機械傳送的電子音，真實存在的男聲更加熱情。

「喂你是什麼意——」

張肅良的手腕被男人牽著，話還沒說完就見王斯閎和迎面而來的人打招呼，「阿凱你要出門？」

「去買包菸，這你朋友？」

「他來借住一晚。」

事發突然，張肅良來不及抽回手，只能連忙收拾眼底的震驚，禮貌地朝男人頷首。事已至此，他就算再傻也知曉目的地是王斯閎的住所。

這幾年來，張肅良不是沒有過幾個相熟的固炮，但就算再熟，該有的界線還是得堅持。雖然旅館的衛生可能堪憂，但相對方便。畢竟他人的住所一來有安全疑慮，二來硬體設備可能不及旅館，三來則是實在太過隱私。

張肅良不喜歡外人入侵自己的領域，同樣地也不怎麼樂意進入他人的領域，過去多次和炮友斷了關係也是因為他不願更進一步。

憋著一股悶氣，張肅良隨著王斯閎走進外觀明顯有些年頭的舊公寓，途經停滿機車的一樓和不算寬敞的樓梯，來到位於三樓的出租套房。

反手關上門板，張肅良朝還算整潔的屋內看了一眼，隨即壓低聲量先發制人，「王斯閎你叫我來這個看起來隔音很差的地方幹什麼？」

「隔音？啊你的意思是牆壁太薄了……」只見王斯閎瞪圓一雙無辜的大眼，一臉恍然大悟，「抱歉是我忽略了，那肅良哥還是我們去附近的旅館？等等我拿一下蛋糕。」

「什麼蛋糕？」

「剛剛已經過十二點，今天是我生日，我想邀你一起吃蛋糕，可以嗎？」

過於感性的答案讓張肅良一怔，對上直比驕陽的燦爛笑容和充滿期待的目光，張肅良不自在地別開視線，沉默半晌終是彆彆扭扭地同意男人的要求，「算了，今天就在這裡將就吧，所以打算怎麼做？」

「就在這裡好嗎？」

「這裡？你說玄關嗎？」

張肅良愣了片刻，總算理解男人所指為何，想要揚高聲量卻又不得不壓低音調，「這扇門薄成這樣，你就算打個嗝外面都能聽見吧！」

「不行嗎？」

談話間張肅良被攬住，只覺得熱源撫上腰椎，一隻熟悉的手掌由後方滑至身前，兩人就著環摟的姿勢貼得極近。男人並不陌生的清爽氣味全傳進鼻腔，隱隱透出求歡的熱切和渴望。

屬於王斯闔的體溫由兩人緊密貼合的部位傳來，「肅良哥……」溼熱的呼吸直接呵上耳廓，低沉的嗓音震盪著鼓膜，張肅良忍不住打顫，無從分辨自己究竟為何心軟。

直勾勾迎上王斯閎的注視，黏稠的空氣散發出不容錯認的曖昧，張肅良喉結滾動，艱難地嚥了口唾沫，本就因為抽菸而嘶啞的聲線益發低沉，「可是我還沒做準備，還要擴張。」

話雖如此，他卻沒有動手推拒，而是任由王斯閎的手滑進衣襬，指腹一下一下蹭著鮮少裸露的皮膚，擦出的火苗幾乎要灼傷張肅良。

「我會，讓我試試。」

在腰腹摩挲的手不再試探，而是直探胯間。帶有厚繭的掌心覆上性器，淫猥的套弄讓張肅良忍不住悶哼出聲，下意識挺腰追逐欲望。

後續的發展再熟悉不過，礙事的衣物一件件落地，張肅良感覺到王斯閎沾有潤滑液的手指潛進臀縫，沿著環狀的穴蕾來回揉弄，待入口軟化這才一點一點地沒入甬道。

「唔……」情欲當頭，必要的擴張顯得格外漫長，早已熟悉性愛的身體很快便不甘於這種隔靴搔癢似的觸碰。緊貼著熱源連連蹭動，亟欲被填滿的甬道不住收縮，張肅良扯著男人的衣服啞聲催促，「快、進來……唔……」

幸而沒讓張肅良多等，男人將手指撤出的同時，碩大的性器隨即取而代之，逼出似忍痛似舒爽的粗喘。

左腿搭在男人的臂彎，張肅良背倚著門板，雖說挺腰頂弄的體力工作大多讓王斯閎包辦，但僅靠單腳站立對他而言確實有些吃力。

「等等，換個姿勢……」他說著轉過身背對王斯閎，上半身貼在門板上，塌下腰抬高臀部，呈現不設防的誘人姿勢。

感覺到平日不見光的白皙臀肉被骨節分明的大掌一把掐握，揉捏著向兩側扳開，不知羞恥的入口不知是因接觸冷空氣，還是男人過分熾熱的視線而抽搐得更加起勁。饑渴的甬道好不容易又一次被陰莖撐開填滿，張肅良咬著下唇忍不住悶哼出聲，「啊、哼……」

後入的體位可以進得很深，敏感處被連連頂弄，張肅良整個人撲在門上，擰眉承受男人進犯的力道，呻吟便隨著反覆衝擊門板的聲響溢出唇角。酥麻的刺激自交合的部位向周身蔓延，他瞇著眼配合王斯閎的動作，放任快感蠶食理智，原先還有所克制的吟嚀一聲較一聲高吭。

等等，聲音！猛地憶及王斯閎的住所隔音不佳，張肅良睜開一雙水潤的瞳眸，連忙抬手摀嘴，「唔……嗯、唔……」

「肅良哥，我想聽你的聲音。」

刺痛自耳廓傳來，染上欲望的男聲響起，下身的進犯更是不見停歇，肉體的拍擊聲和淫靡的水聲構成極為煽情的配樂。

「聽個屁聲音嗯啊……」張肅良一口咬住男人探進自己嘴裡的手指，話才說到一半，又被身後使壞的王斯閎頂得發出一聲悶哼。

「哈、混蛋你……」張口正欲說些什麼，張肅良便被屋外傳來的響動嚇得驀然噤聲。

隔著門板只聽見沿著樓梯拾級而上的腳步聲越發清晰，張肅良一緊張便本能地絞緊體內的物事，換來身後王斯閎一聲低喘和假抱怨之名的調侃，「唔、肅良哥你好緊，比平常更緊。」

「閉嘴。」嗔惱地白了得了便宜還賣乖的男人一眼，然而出乎張肅良意料的是，王斯閎不僅沒有因此安分，甚至逮住他無法反抗的機會就是一陣猛力抽插，「王斯閎你、這……混蛋……」

即使不樂意承認，但男人罕見的強硬確實讓張肅良感到格外興奮，狠狠箝在腰窩的力道令本就高漲的情欲一發不可收拾，「啊慢、慢點哈……」

「隨時可能被發現很刺激吧？還是說，肅良哥其實想讓人旁觀你怎麼被幹？」

清晰地感覺到男人溼熱的唇舌沿著後頸一路而下，酥麻四處流竄，張肅良難耐地軟下腰，臉頰靠著門板，只能任由理智隨著蒸騰的欲望消失殆盡。

「哼唔……那、那裡好棒……太多了啊……」不敵攻勢的張肅良知曉兩人的動靜過大，卻顧不上扣緊牙關，沒了刻意自制，甜膩的吟嚀和喘息便爭先恐後地跳脫控制。

所幸最後在射精的剎那王斯閎終於有所動作，即時封住張肅良越發高昂的聲音。一吻方休，毋須多費唇舌，兩人便相當有默契地轉戰床鋪，這一回改採面對面的傳教士體位。

「啊、啊……嗯啊……」肉體的碰撞酣暢淋漓，深陷情欲的張肅良雙眸瀲灩著水光，赤條條的身體泛著情動的淺緋扭動迎合著，在王斯閎眼底留下極其誘惑的畫面。

王斯閎舔了舔乾澀的下唇，用盡全數自制力方才壓抑擺腰的衝動，傾身靠近男人的耳畔，誘哄的聲線喑啞，「肅良哥你能留下來過夜嗎？」

「唔不、你快動……」

「肅良哥留下來過夜，好嗎？」

性愛途中喊卡，不只張肅良焦急難耐，就算是王斯閎自己也不好受。但王斯閎依舊將身下胡亂掙動的男人壓牢了，克制尋求歡愉的本能，讓肉柱停在緊緻的甬道內，任由內壁如何收縮討好就是不動作。

「肅良哥，拜託。」

「不、唔……」

吻上男人的唇，王斯閎選擇忽略那對溼潤黑眸中的渴求，又吐出一聲嘆息似的呢喃，「肅良哥……」

「好了！過夜就過夜，你該死的快點動！」

「如你所願。」張肅良的話猶如警報，達成目的的王斯閎不再顧忌，循著本能挺動腰胯，欲望的大火隨著越發狂放的節奏將兩人吞沒燃燒殆盡。

被屋門開闔的聲響擾了睡意，張肅良慢悠悠地睜眼，望著陌生的天花板看了良久，才憶及自己所在何處。他伸手在床頭摸了半晌才找到手機，正定睛看向螢幕，就聽見男聲響起，「肅良哥你醒啦，要吃早餐嗎？現在才九點，還可以再睡一下。」

被食物香氣吸引的張肅良懶洋洋地伸了個懶腰，側過身，「你買了什麼？」

「不知道你喜歡吃什麼，我就都買了一些，有鐵板麵、鮪魚蛋餅、蘿蔔糕、巧克力厚片和總匯三明治，飲料有奶茶、紅茶和豆漿。」

「一大早的，除了胃我還有其他地方餓著呢。作為屋主，你會好好款待我吧？」張肅良坐起身，放任失去遮掩功能的被單滑落腰際，也不在意一身的曖昧痕跡裸露在外，邊說邊對王斯閎眨了眨眼。

此話一出，就見男人彷彿嗅著牛排的大狗，立刻放下筷子閃電似地撲向肉骨頭，「我很樂意為你效勞！」

三兩句話把人拐上床的張肅良，見狀滿意地彎起嘴角，卻又笑著格開一臉期待的王斯閎，「不過，我現在又想吃飯了。」

「喔……」

達到逗弄的目的，渾身赤裸的張肅良起身下床，拎著衣物在浴室前回身問道：「不是說有蛋糕嗎？」

待張肅良洗漱完畢，電腦桌的桌面已經擱著一塊外型精緻的粉色蛋糕。頂端綴有一圈圈漂亮的奶油花，中心整齊疊放一顆顆嬌豔欲滴的草莓，圓弧狀的側面則可瞧見一片片的草莓切面，顯得相當可口。

「這是法蘭絲蛋糕，聽店員說是法國知名的甜點，上下兩層的杏仁蛋糕有堅果香氣，中間夾層是卡士達香緹餡和——」

「聽起來很厲害，你怎麼不吃？」在一旁的椅子坐下，張肅良出聲打斷王斯閎明顯照本宣科的介紹。

「我想等你。」

「你的生日，等什麼？等我幫你唱歌嗎？」張肅良笑著伸手揉上男人的腦袋，一如預期，那頭蓬鬆的髮絲猶如犬類皮毛般柔軟，和一雙無辜無害的瞳眸十分相襯。他收回手定定看了王斯閎半晌，慢悠悠地起身讓出位置，「把褲子脫了，在這裡坐好。」

「咦？」

「趁我還沒改變心意以前，快點。」

滿意地瞧見王斯闊即使一臉困惑依舊在頃刻間完成指令，張肅良從蛋糕上拿了一顆草莓湊到鼻下嗅了嗅，才咬下一口。他咂了咂嘴，一邊發表評論一邊在男人一絲不掛的腿間蹲下，「嗯，草莓這種水果果然中看不中用，聞起來很香甜，但吃起來總是酸味居多。」

不待王斯闊回應，張肅良伸手沾取蛋糕的櫻粉色奶油抹在男人已然半勃的性器頂端，然後在王斯闊詫異的注視下，低頭舔吮布滿肉柱的奶油。增添情趣的奶油並不多，搭配張肅良來回舔弄的豔紅舌頭顯得格外情色。

「唔哈……」完全勃起甚至不用五秒鐘，溼熱的口腔逼出男人的低喘。王斯闊下意識想要挺腰卻又不敢動作，只能侷促地揪緊椅墊，傻愣愣地與埋頭在自己腿間的張肅良對視。

事實上，腮幫子被陰莖塞得鼓起的畫面實在稱不上雅觀，然而映入王斯闊眼中的男人卻透出濃郁的性感與情色氣息。

「啊、肅良哥……」

生殖器是極為敏感的部位，溫柔撫慰帶來快感，若是受到外力大力吸吮則會帶來痛感，然而此時兩者參雜，成為更快攀上高峰的催化劑。

「生日快樂。」

猶沈浸在高潮餘韻的王斯閎一臉呆滯，滿腦子暈呼呼的，只能看著張肅良吐出嘴裡的精液，然後湊近吻上自己的面頰。

「這是禮物嗎？」

「很貪心啊小伙子，還要禮物？」

下顎被挑起，維持坐姿的王斯閎仰望似笑非笑的張肅良，連忙搖頭，「不、不是，肅良哥願意陪我過生日已經很好了。」

「你這麼通情達理反而顯得我很小氣，那我送你一個願望吧。」

「真的？」

「所以要什麼？」

「還沒想到。」王斯閎對男人咧嘴傻笑，抬手搔了搔頭。

歷經這番旖旎插曲，被擱置在桌面的食物總算重獲兩人的注意力。

徹夜歡愛很耗費體力，胃口大開的張肅良也沒客氣，兩人一邊吃一邊閒聊，不多時就將份量充足的早餐掃蕩一空，連飲料也沒剩下。

「肅良哥你知道嗎？我發現其實在酒吧見面前我們就曾經通過電話，難怪我總覺得聽過你的聲音。」

「原來那不是搭訕的藉口嗎？」

對上張肅良含笑的目光，王斯閎這才後知後覺地意識到男人或許早已知曉，「肅良哥你早就知道了？怎麼不說？」王斯閎將裝有一大片蛋糕的瓷碗放在張肅良面前，一邊吐出抱怨。

「知不知道有什麼差別嗎？反正見了面還是上床。」

被張肅良的直白堵得一噎，王斯閎張了張嘴，半晌才吐出困惑多時的疑問，「肅良哥，你有想過找個對象定下來嗎？」

「沒有，沒興趣。」

從天堂落入地獄僅只瞬間，張肅良毫無猶豫的答案讓王斯閎呼吸一滯，頓時有些喘不過氣。

王斯閎喜歡張肅良洋蔥似的各種面貌，喜歡男人最外層用於社交的健談，喜歡男人第二層若有似無的疏離，也喜歡男人最內層不敵懇求的心軟。正因為如此，自己或許小有機會的錯覺在王斯閎心頭萌芽，伴隨每一次的相處瘋長，轉眼已成參天大樹。

而今一切綺想被狠狠打回現實，打得王斯閎措手不及。

一連幾個深呼吸，王斯閎試圖穩下心神，「是因為沒有適合的對象嗎？肅良哥明明那麼好。」

「因為沒有期待就沒有傷害……」為了聽清逐漸降低聲量的語句，王斯閎下意識傾身靠近，然而未待聽清，張肅良已經先一步轉移話題，「我不想談這個。」

「抱歉……」

眼尖地瞧見男人將未點燃的菸揉進掌心，知曉張肅良用抽菸排解煩躁的習慣，王斯閎只是抿了抿唇，識相地不再追問。

一時間沒了話題，尷尬隨著沉默蔓延，最後出聲拯救王斯閎的仍是張肅良，「說起來你為什麼會去酒吧？感覺你不是會在那裡出沒的人。」

王斯閎憶及自己在酒吧內的格格不入，自嘲地扯起嘴角，「我陪朋友去的，只是他當時……有點忙碌，所以我才想點杯飲料順便找人聊聊天。」

「看來真的是我誤會你了，真是抱歉害你誤入歧途。」

不等王斯閎辨讀張肅良話中的情緒是喜是憂，就見擱下瓷碗的男人已經站起身，落下一句便匆匆向外走，「時間也差不多了，我先走了。」

「哎、肅良哥……」攔不住快步離去的張肅良，王斯閎連忙追在男人身後。

房門被「碰」一聲關上，空無一人的屋內只留下垃圾桶內被揉成團狀的菸，和還餘下大半的生日蛋糕。

王斯閎或許有些遲鈍，但不愚笨。上回的關切只是惹得男人不悅，這回卻是確確實實地觸著了張肅良的逆鱗，現下別說是讓關係更進一步，就連兩人能否繼續聯絡都無法確定。

很快地，殘忍的現實給出了答案。

原先張肅良回覆訊息的頻率雖不熱絡，但至少對話一來一往尚且融洽，然而自從生日當天一別已經過去一週，王斯閎傳出的訊息全都石沉大海。

情緒低落自然不構成請假的理由，王斯閎二勤一休的日子依舊不變，然而極累的生活步調對於擺脫鬱悶卻成效有限。

在例行的體能訓練間隙，王斯閎找了一把椅子坐下，當手指一觸上手機，便機械式地點開自說自話多日的對話框。他嘆了一口氣，猶在尋思該說些什麼警報便響了，而後是來自同事的廣播，「救護、救護！報案地點在——」

「今天救護是誰？」

「是我。」王斯閎一躍而起，拔腿奔向裝備放置處，在搭檔邱澤凱於副駕駛座坐定的同時發動救護車，飛快駛向約莫十分鐘車程的目的地。

報案者是目睹車禍的行人，據稱機車騎士及汽車駕駛分別受到輕重傷，然而更詳盡的狀況尚待確認。

純白的車輛比警方還早抵達現場，王斯閎和邱澤凱先後跳下車，目光掃過瘡痍的車禍現場，只見機車騎士躺在數公尺之外的血泊中，顯然是受到撞擊後被拋出。是幸也是不幸，騎士因此躲過後方來車的追撞，沒有造成二次傷害。

至於搶快闖紅燈的肇事駕駛，車身因撞上道路旁的電線桿及成排機車扭曲變形，雖說事後賠錢消災少不了，但至少無人卡在車內影響救援。王斯閎才剛慶幸實際情形比預期來得好，便聽熟悉的鳴笛聲逐漸靠近，那是另一輛前來支援的救護車。

見毋須分神擔憂另一名傷患無人照料，他鬆了一口氣，更加專注手上的動作，「先生、先生，你聽得到我說話嗎？」

「痛、很痛……」

「呼吸，繼續呼吸。」王斯閎一把抓住肇事駕駛胡亂揮舞的手，抬高男人的下巴試圖暢通呼吸道，「脈搏很慢，呼吸困難，胸口有碎玻璃造成的創傷，可能是開放性氣胸。患者還有意識，需要馬上送醫。阿凱，快！」

在邱澤凱的協助下，王斯閎連忙將傷患送上救護車，在車陣中一路奔馳的期間，不忘為男人止血並裝上呼吸器。

「車禍傷患，胸口有傷口，我們——」

匆匆將傷患交由急診室的醫護人員接手，重擔才剛卸下，煩悶的情緒隨即湧上心頭。王斯閎愣愣望著忙碌混亂的景象半晌，這才扔掉沾滿鮮血的手套，到洗手間洗了把臉。

走出急診室，殘存的秋日暑氣便迎面而來。

王斯閎瞇眼望了望天空，將鑰匙拋給同期分發的隊友兼鄰居，如是說道：「阿凱你開車。」隨後也不等對方反應，便逕自在副駕駛座坐下。

「阿閎，阿閎！王斯閎！你有聽到我說話嗎？」

「嗯？」

慢騰騰地撩起眼皮，王斯閎並非沒有聽聞邱澤凱的叫喚，只是體內向來無窮無盡的活力彷彿隨著日子一天天增加逐漸流失。

「喂，幹嘛這副要死不活的德性，你剛剛的幹勁呢？」

「留在醫院了。」王斯閎也不在意男人嫌棄的目光，腦袋靠在窗邊，望著外頭不斷向後的景色出神，好半晌才吶吶地出聲，「哎阿凱，你試過一夜情嗎？」

「一夜情？」

就在邱澤凱發出驚呼的同時車身一晃，王斯閎嚇得連忙伸手穩住方向盤，「喂！你會不會開車啊！」

「哇靠，王斯閎我真是小看你了，你看起來傻不隆咚和談戀愛無緣，結果一開口就和一般人不同層級。」

察覺自己無意識說了些什麼的王斯閎慌忙擺手，試圖粉飾太平，「不是我，這是我朋友的事。他在酒吧認識一個對象，之後和對方發展成固定的炮友，每次約好見面都很期待很開心，而且還會在意對方想不想定下來。」

「所以你朋友暈船了，然後呢？」

「不！哦對……」被邱澤凱堵得一噎，他頓了一秒才接著說下去，「然後我朋友本來想等一陣子之後告白，但是炮友似乎不想穩定下來，而且發現朋友的意圖後，已經斷絕聯絡好幾天了。」談及此事，王斯閎只覺得悔不當初。

若非自己仗著張肅良的心軟，一再撒嬌一再試探，也不會落得如此處境。體會過如水似的溫柔後，怎可能甘於如此冰冷的距離。

「約炮就是肉體關係，你卻想談感情，聽起來就很渺茫，如果對方沒那個意思就放棄吧。你現在才幾歲，看看你這種體格、這種條件，不會找不到對象啦，別在對方身上浪費時間。」

「可是他這麼好……」王斯閎下意識想辯駁，然而未待詳述張肅良的各種美好，便猛地察覺邱澤凱話裡藏有玄機，「咦?不是，不是我，是我朋友……」

「我知道，是你的朋友。」只聽邱澤凱拖長了語調，開門下車前留給王斯閎一記意味深長的目光。

Chapter
Four

第四章

恋は傷つくもの
Koi Wa Kizutsuku Mono

「謝謝你啊小伙子，裡面怎麼樣了？」

「沒事了，還好發現得早，火勢也不大，在蔓延以前撲滅了，現在只要等煙散了就好。」王斯闕和兩名隊友先後走出煙霧瀰漫的透天房屋，取下染上煙灰的頭盔，一邊伸手抹去額頭的汗水，一邊和心急如焚的屋主解釋。

屋主是一對年過七旬的老夫妻，一如常見的情況，老人家忘記瓦斯爐上還在煮東西就坐在電視前打起瞌睡，待嗅到焦味察覺不對，乾燒多時的鍋子已經竄起火苗。幸虧及時報警，一時的粗心尚未釀成大禍。

「阿公阿嬤你們兩個自己住，有時候煮東西沒注意很危險，可以考慮換成有瓦斯安全閥的爐具，或是裝設住家用的火災警報器比較安全，萬一真的出了什麼事也能——」

「哎小伙子，你結婚了嗎？」

話還沒說完就被打斷，王斯闕被一隻滿是皺紋的手搭上手臂。雖不理解提問者的用意，耐心卻絲毫不減，「還沒。」

「你幾歲啦？」

王斯闕沒有多想，隨口答道：「二十七。」

怎料才剛解除危機的老婦人雖然心有餘悸，依舊不忘給家裡小輩介紹對象，「和我孫女差不多，她二十五歲，長得很漂亮，我介紹你們倆認識吧。」

「咦？」

除了王斯閎，接獲通知匆匆趕赴現場的屋主兒女同樣哭笑不得，「哎喲媽，妳也看一下場合。」

「這不是沒事了嘛，現在我孫女的婚事最重要。你們看這小伙子多好，看起來老實又有禮貌，和我們珮珮多搭。」只見身形福態的老婦人一臉倔強地掙脫兒女勸阻的手，拉著王斯閎不放。

「那個、阿嬤……」王斯閎乾笑著拍了拍過分熱絡的老婦人，在隊友的招呼下連忙向屋外走去，「我們還有事要先走了，妳以後煮東西要小心一點，用瓦斯爐要在旁邊顧著。」

任務順利結束，載有隊員的水箱消防車返回分局，王斯閎率先跳下座艙，將裝備一一歸位。

由於火勢不算大，一身厚重的裝備沒沾上多少煙灰，少了清潔這一環，反倒讓王斯閎多出撥通老家電話的時間。

雖說民眾因粗心釀災的情形數見不鮮，思及家中長輩的王斯閎不免擔心，「阿婆，我阿閎啦，您在做什麼？」

「阿閎哦，偃在煮綠豆薏仁，汝也知若阿公，三日冇食到甜湯就會喃喃喃喃（阿閎哦，我在煮綠豆薏仁啦，你也知道你阿公，三天沒喝到甜湯就碎碎念）。」

「綠豆湯欸，好久沒喝了，我也想喝。」憶及睽違許久的滋味，王斯閎舔了舔下唇，沒有忘記正事，「阿婆您煮東西都要記得看著火，不然很危險。」

「阿婆毋使汝操煩，汝要記得食飯，毋好忒悿，遽遽帶細妹仔，汝看隔壁的小胖都愛結婚了（阿婆不用你擔心，你要記得吃飯，不要太累，快點交女朋友，你看隔壁的小胖都快結婚了）。」

「哎喲阿婆，您孫子這麼帥不用擔心啦。」

「汝係生得當斯文，但是過斯文冇細妹仔中意也毋效啊，汝看小胖佢——（是長得很斯文，但是長得再斯文找不到對象也沒用啊，你看看人家小胖他——）」

熟知自家祖母的個性，沒少聽叨念的王斯閎連忙出言打斷，「我知道他要結婚了，不過我也是很受歡迎的啊，就像——」

拿著手機走進辦公室，王斯閎話才說到一半，就讓一旁綽號大頭的彭明峰嚷嚷著搶白，「阿嬤您都不知道，阿閎他的行情很好捏！剛才才有人想幫他介紹對象！」

彭明峰的話簡直是一語中的，只聽見電話另一頭的女聲登時激動起來，「有影冇？阿閎汝應該去熟識啊！（真的嗎？那阿閎你應該要去認識一下啊！）」

王斯閎朝唯恐天下不亂的同事投去警告的目光，連忙找藉口掛斷電話，「那個……阿婆我還有事，我再找機會打給您，掰掰。」

「掛阿嬤電話，你這不肖子孫。」

「不要嫌阿嬤煩，阿嬤是關心你，急著想要抱曾孫。」幾人你一眼我一語地調侃王斯閎，年紀最小的李宇丞甚至故意捏著嗓子說話，惹得大伙笑得東倒西歪。

「還抱孫咧，我現在連交往對象都沒有。」面對眾人沒有惡意的訕笑，在電腦前坐下的王斯閎有些無奈。他晃動滑鼠喚醒休眠中的螢幕，尋思著盡快將例行的行政工作完成，然而才剛打開檔案，肩頭就被人從後頭推了一把。

「既然沒對象，那還不好好把握機會認識認識，交個朋友也不吃虧啊。」對王斯閎擠眉弄眼的人無他，正是眾人之中唯一知曉部分真相的邱澤凱。

當然，王斯閎沒有採納這些玩笑性質的意見，但確實因為這番打鬧又想起那連追求機會都不願給予的對象。他取出手機點開通訊軟體，入目的畫面與昨日如出一轍，原以為已經盪到谷底的心再度墜落。

王斯閎下意識就要發送訊息，然而邱澤凱的勸告卻又一次在腦中響起。

對方就是不想認真才會約炮吧？別浪費時間，下一個會更好。

一直不識相地打擾不是很惹人嫌嗎？

邱澤凱的話或許不中聽，但王斯閎不得不承認確實有其道理。

驀然清醒的王斯閎連忙收回手，晃了晃腦袋將輸入到一半的訊息刪除，順帶將手機反扣在桌上，以壓制心頭那股隨時可能死灰復燃的衝動。

只是王斯閎沒有想到，幾個小時前的決心，會在如此情況下面臨挑戰。

凌晨兩點半，在一棟老舊大廈的頂樓，為了勸阻揚言輕生的女子，現場有多名警消人員待命。地面除了忙著架設氣墊的消防員，更是聚集不少被響動吵醒的群眾。

經過將近半小時的溫情喊話，眾人總算由女子顛三倒四的語句中拼湊出尋短的原因。

「把他找來！不然、不然我就跳下去！」儘管眾人說得口乾舌燥，依舊勸阻無效，半醉的女子始終堅持要求前男友到場。

聽起來容易，事態的發展卻沒這麼順利。好不容易聯繫上女子口中的前男友，卻發現男人實則另有家庭，對方在電話中幾句話撇清這段不倫關係，說什麼也不願冒險露臉，於是不見突破的局面只能繼續僵持下去。

「那個前男友鬆口了嗎？」

「沒有，他掛我電話了……」

掃過員警為難的面色，王斯閎一把拉住似乎打算實話實說的男人搶先說道：「呂先生已經在路上了，小姐我們先下來好嗎？」

「你騙人！你們這些騙子！十分鐘，如果他再不出現，我就跳下去！」

「不！不要！」

「我說了不要靠近我！走開！你走開！」歇斯底里的女子摀著腦袋大聲尖叫，拿起腳邊喝到一半的啤酒罐就砸向眾人，琥珀色的液體甚至濺上王斯閎的褲管。

眼見本就站在圍欄外岌岌可危的女子，因為用力過度而身形搖晃，王斯閎瞪大雙眼連忙大喊：「小姐！小姐妳別衝動，千萬別為了一棵樹放棄整座森林。」

「但他就是我的森林！如果能夠輕易放棄，那……還是愛嗎？」

被女子的話一堵，心頭本就搖擺不定的王斯閎頓更是不知如何反應。而在同時間，此起彼落的驚呼聲響起，打斷王斯閎片刻的出神，只見眾人彷彿以慢動作衝到圍欄邊，手忙腳亂地將情緒過於激動險些失足的女子拉回安全位置。

歷經一陣混亂，事件總算在將女子送上救護車後宣告落幕。

消防員的工作難免需要出生入死，在命懸一線的任務中恍惚是大忌，即使只有一瞬間，可能招致的風險亦無可估量。毋須他人指責，濃烈的自責已如浪潮般向王斯閎席捲而來，躺在漆黑的寢室中聽著隊友規律的鼾聲，無心也無力抵抗的男人在半夢半醒之間只能隨波沉浮。

沒有重新振作的時間，王斯閎再次被值宿的隊友喚醒時，是在凌晨的五點半，尖銳的鳴笛聲劃破依舊朦朧的夜色。

在報案者的指引下，載有裝備的車輛駛向鄰近大學校園的文學步道。若是白日，此處沿著溪流闢建的步道風景優美而秀麗，不只附近居民時常走訪，更是年輕情侶熱門的約會地點。

然而此時將近十臺車、多名消防員圍攏在溪畔，石砌的階梯和木棧橋被示警的赤色燈光照得通紅，在漆黑夜幕下氣氛被襯托得格外肅穆。

「先生，請問您說的人在哪裡？」

「就在那……咦？剛剛亞芬明明是在這裡，怎麼不見了？」嘴中散發酒氣的年輕大學生發出驚呼，睜大雙眼四處張望，顯得六神無主。

「大家分頭找！」

夜間視線不佳，承載搜救人員的橡皮艇只能憑藉岸上消防車的照明設施和手電筒的燈光，在水面來回搜尋。

「潛水人員準備好了沒？」

聽聞分隊長林耀宗的話，王斯閎連忙答道：「阿凱和其他分隊的學長已經下去了。」

眾人循著溪流一路而下，所幸不多時一度膠著的情形終是有所突破。

「嘿！在這裡！發現溺者！救護準備。」

循聲望去，憑藉不算明亮的燈光，王斯閎在鄰近岸邊的位置依稀瞧見一抹面部朝下呈現趴姿的人影。過低的水位會讓橡皮艇擱淺，他連忙涉溪上前同時揚聲高呼：「我來！」

在其他分隊同仁的協助下，王斯閎等人費了一番功夫，將失去意識的女子拉離水面。一上岸，渾身溼漉漉的女子隨即由待命的救護同仁接手。

「小姐、小姐……」只見王振雄一臉嚴肅，伸手確認溺者口中並無異物並探向女子頸側，片刻過後如是說道：「幾乎摸不到脈搏，只剩下喟嘆式呼吸，開始進行CPR。」

毋須指名，平日嬉皮笑臉的李宇丞已經開始動作。

「阿弟仔我們先把人送上車，阿閎在車上接應。」全分隊資歷最長的王振雄肩負指揮責任，同時動作俐落地將電動擔架備妥，和李宇丞兩人一前一後將固定在擔架上的女子送上救護車。

急救強調分秒必爭，幾乎是在隊友將擔架推上救護車的同時，待命的王斯閎便重新接替停頓數秒鐘的胸外按壓，同時配合手上的按壓節奏低聲報數。就在救護車發動的瞬間，心肺復甦術終於奏效。

「咳、咳嘔……」女子嗆出幾口水，看似稍稍恢復呼吸。

「亞芬！妳還好嗎？妳——」

「先生等等，你先別激動。」

一旁的王振雄連忙制止試圖撲上前的青年，王斯閎低頭檢視溺者狀況，然而不待眾人完全鬆懈下來，情況突然急轉直下，女子本就不算穩定的呼吸越發虛弱，眼見已然停止。

「亞芬！亞芬！快救她，拜託你快救救亞芬！」

「阿弟仔AED！」

無暇理會報案者的呼喊，在李宇丞以自動體外心臟除顫器為傷患進行分析時，王斯閎望著女子秀麗卻蒼白的面容，一邊在心頭喊話：醒醒，醒醒，快醒醒……

十分鐘後，救護車在急診室前停下，去顫電擊終究沒能帶來奇蹟。

「醫生！醫生快來！」

依靠隊友的協助卸下乘載傷患的擔架，電動擔架行進間王斯閎手上的動作未歇，甚至當急診室的值班醫師迎上前時仍然不為所動。

「什麼狀況？」

「二十多歲，女性，初步研判是失足落水。撈回岸邊時已經沒有脈搏，經搶救曾一度好轉，但送醫過程中惡化，CPR施作超過十分鐘，也已使用AED分析電擊……」

王振雄與醫師對話的聲音近在咫尺，滿身汗的王斯闕卻覺得自己與外界之間隔著一層透明玻璃牆，什麼都聽不清，唯有掌心之下不再規律跳動的心搏真實得駭人。

「哎、阿闕……阿闕！」

不是沒聽見李宇丞的呼喚，而王斯闕卻恍若未聞，機械式地反覆進行胸外按壓，直到肩上傳來王振雄伸手搭握的觸感，「阿闕、阿闕夠了……交給醫生吧。」

「可是她——」

「我數三，然後換手，三二一，換手。」

經年的訓練讓王斯闕本能地遵循王振雄的指令，收回早已因長時間維持同樣動作而僵直發麻的雙臂，待命的醫護隨即一湧而上。

「亞芬她會沒事吧？」

聽聞報案者的疑問，王斯闕只是垂下眼簾沉默地搖了搖頭。

「啊！都怪我，都怪我！如果不是我提議去文學步道看日出，如果不是我喝了酒，亞芬也不會發生這種事……都怪我怕水……我本來想要找機會告白的，如果早一天的話……」

耳邊是男人撕心裂肺的哭喊，王斯閎只是杵在原地，傻愣愣地望著呼吸停止多時的溺者被蓋上白布，在護理師的簇擁下逐漸遠去。事後警方應該會對唯一的目擊者進行調查，確認這起意外並非刻意湮滅證據的謀殺，然而不論事實如何，對逝者而言都已不再重要。

初次體會自己的無力是在四年前，當時大學剛畢業的王斯閎被發配到南部擔任消防役。一如此時眼睜睜地看著鮮活的生命流逝，怎麼也攔不住。

你什麼也做不了……意識到這一點的同時，他彷彿落入冰窖，刺骨的寒意由尾椎竄起，凍得男人動彈不得。王斯閎下意識將微微發抖的手攥握成拳，然而現實殘忍地提醒他，身為一介凡人，面對美好的凋零，再多的努力都是徒勞。

王斯閎褲管溼淋淋地返回分局時已經約莫八點，繃緊神經累了兩天終於到了換班的時間，他卻沒有任何欣喜。

從業多年，王斯閎依舊無法習慣那股揉合了空虛、自責、憤怒的綜合體，各種負面情緒充斥胸臆，翻騰著叫囂著尋找宣洩出口。相較他的低落，一同換班的隊友們顯得雀躍許多。

「終於下班了！」發出歡呼的是最快將隨身物品收拾妥當的李宇丞，警專出生的年輕隊員不愧是剛滿二十歲的年紀，總是精力充沛。

「阿弟仔這麼激動，是有什麼行程嗎？」

「我要先回家大睡一場！晚一點我爸媽會來看我，要帶他們去吃飯。好久沒吃牛肉大餐了，光想到那個味道就快流口水了！」

「好了好了，你快滾吧，免得我越聽越餓。」

這頭是偷閒打鬧的隊友，另一頭與妻子通電話的王振雄雖然不至於如此喧嘩，但黝黑的面龐同樣堆滿微笑。

「我下班了，回家的時候要順便買什麼回去嗎？還是幫妞妞買個玩具好了，以免她又不認得我了，至少可以用玩具拐她給我抱。」談及牙牙學語的女兒，外型粗獷的王振雄眉眼溫柔。

王振雄晚婚，已經年近不惑，女兒卻才不足兩歲，而缺乏相處時間的結果便是孩子時常認不得自家父親，這幾乎是所有消防同仁都曾經歷的心酸與無奈。實務經驗豐富的王振雄也曾以年齡為由請調內勤，只是僧多粥少，短時間內只能維持現狀。

聽聞王振雄與手機另一頭的妻子相談甚歡，王斯闊為其開心，同時也為缺乏勇氣的自己而低落。

「哎阿闊你發什麼呆呢？剛才的事別想太多，救人是我們的工作，但能不能成功還得看閻王放不放人。」

被突然靠近的男聲喚回神，王斯闊一臉茫然，「咦？」

「嘖，不要那個表情。你快找個對象吧，你需要一個港口，讓你能夠停泊放鬆的地方。」

「哇，看不出來雄哥也能說出這麼哲學的話。」

「臭小子！浪費時間白跟你說那麼多，我要走了！」

「雄哥再見。」望著王振雄逐漸步出視界之外，王斯闊勉強上彎的嘴角瞬間垂了下來。

或許是同時被身體的疲憊和工作上的不順遂籠罩，萎靡取代樂觀，王斯闊滿腦子都是這兩天碰上的情景。不論是苦戀有婦之夫而尋短的女性，又或是悔不當初的大學生，接二連三的事件輕易動搖他原先本就不堅定的決定，王振雄的話成了最後一股推力，心頭的渴望終究占了上風。

王斯閎自知這般糾纏不清的舉動相當惹人厭，卻控制不住撥號的手。就這麼一次，最後一次，若是聯繫不上就放棄……他對自己如是承諾。

規律的鈴聲響了很久，每響一聲王斯閎的心便下沉一分，望著晴朗明媚的湛藍色天空只覺得視線越發模糊。突然，熟悉的男聲毫無預警地響起，「喂？」

「……肅良哥。」

電話另一頭沉默良久，方才出聲，「有事嗎？」

「肅良哥我們能見面嗎？」

回應王斯閎的是又一次長時間的靜默。始終沒聽聞張肅良搭腔，王斯閎抿了抿嘴，聲線沙啞，「肅良哥我是不是很沒用？」

「怎麼了？」男人一句再尋常不過的反問如同閥門，岌岌可危的各種負面情緒頓時潰堤，轉眼就將王斯閎吞噬其中。

載浮載沉之際，王斯閎只是本能地攫住眼前的浮木，「肅良哥，我很沒用我什麼都做不了，可是我想見你……很想見你……」

這裡是二十四小時全年無休的接線中心，凌晨兩點與過去每一個忙碌的夜晚相同，電話接連湧入。

「喂您好？喂？請問有聽見嗎？」而在諸多流暢對話中，一名連聲追問的年輕接線員顯得格外突兀。

張肅良見狀，朝陷入困境的新人做了一個手勢接過電話。

「喂您好，請問聽得到我的聲音嗎？若是您不方便說話，可以敲擊話筒來回答。」

在好半晌的沉默過後，回應張肅良的並非語言或敲擊聲，而是壓抑的啜泣。即使經過機械的收音與播放，亦無法掩蓋女聲中濃濃的無助和委屈。

「小姐，我不知道您碰到了什麼事情，但請和我談談，請給我這個機會協助您。」

只聽電話另一頭啜泣逐漸趨緩，取而代之的是急促的呼吸聲，但來電者依舊一語不發。

「雖然不知道發生了什麼事，但我要讚美您的勇氣，感謝您願意嘗試向外求助，我知道這很不容易，但您做得很好。」

伴隨著忽遠忽近的叫罵聲和物品撞擊產生的碎裂聲，低聲的啜泣再次響起。

「小姐，您是否有立即性的危險？需要我協助報——」張肅良皺起眉頭正欲多說，突然所有聲響戛然而止，電話被掛斷了。

執業多年，張肅良當然不是第一次碰上這種情況，然而心頭那股煩悶卻不會因為經驗和年資而減少。中心的系統無法定位手機位置，就算再放不下心頭的在意也無能為力。

他抬頭望向面露擔憂的年輕社工員，嘆了一口氣，「無聲電話是我們經常碰到的態樣之一，有時候只是惡作劇，但有時候是不敢或不方便求助的個案。我們能做的是盡量確保個案安全和給予肯定，在符合規範和倫理的前提下做你覺得對的事。」

「但是要怎麼知道自己做得對不對？而且如果沒做好，個案可能就……」

「這份工作即使什麼都做對了，也不代表一定有好結果。」張肅良當然聽得出對方的膽怯，但同樣為工作內容感到無奈的男人也沒有明確的解決方案，只能擺手讓更加困惑的社工員回座。

此外讓他無奈的還有另一件事，那維持了一段時間的青澀炮友。即使性愛技巧逐漸精進，王斯閎依舊青澀如初，青澀的討好，青澀的依賴，青澀的表達方式。

張肅良向來善於捕捉他人情緒，事實上，早在王斯閎生日之前，他便或多或少察覺男人的情感，只是始終沒將彷彿能夠一眼看透的王斯閎視為威脅，直到對方再三將話題引向總是避而不談的地雷區。

過往的經驗讓張肅良不信任也不憧憬愛情，比起飄渺而不切實際的情感，他更樂於享受肉體的歡愉。與其面對可能的不忠，不觸碰不嘗試似乎是最為安全的方式。

因此張肅良逃了。出於動物的逃避本能，一如過往只要發覺炮友稍有暈船跡象，不論對方條件有多好，轉頭就會將其拒於千里之外，或許不怎麼厚道，效果卻十分顯著。

然而王斯閎似乎無法或不願理解刻意疏遠的意含，或許也是因為王斯閎那傻愣愣的模樣，張肅良才會在多日不讀不回訊息後接起那通電話，更因為又一次的心軟而同意碰面。

那日旅館內，以往總是陽光開朗的男人如落水狗般垂頭喪氣，陷入低潮的王斯閎並未多說，張肅良也沒追問，只是態度自若地寬衣解帶。

速戰速決然後再也不見，已經開始後悔的張肅良如是想，然而未待男人解開所有襯衫鈕釦，王斯閎反倒先喊停，「不、肅良哥我不想……不、不是說你沒有魅力，但是我希望今天不要……」

「好吧，所以今天要做什麼？」張肅良眨了眨眼，非預期的發展讓他感到困惑。

往常和炮友見面哪一次不是迫不及待直奔主題，而今男人溫溫吞吞不提，似乎也不打算正經辦事。就像是原先預期的大魚大肉突然因為菜單異動而消失，張肅良雖不至於氣惱，但還是相當錯愕。

「肅良哥，我能抱你嗎？只是擁抱……」

聞言張肅良先是一愣，半晌才意會過來，在王斯閎侷促的目光下點頭。

男人原先的拘謹和客氣在兩人相觸的瞬間雲消霧散，他們躺在床上，張肅良被如同章魚的王斯閎纏得險些喘不過氣。

張肅良沒養過寵物，但男人的舉動和想像中大狗撒嬌的感覺相去不遠。隔著襯衫掃蹭過胸口的髮絲彷彿搔在心尖，有些怪異、有些柔軟，還有幾分無以名狀的蠢蠢欲動。

歷經四十八小時的勤務，剛下班的王斯閎顯然累壞了，兩人維持親暱相擁的姿勢沒多久，便聽見男人發出規律和緩的呼息聲。

目光依序掃過王斯閎經由扎實操練形塑的體魄，和在烈日下晒成的古銅色肌膚，最後落在男人擰成一團的眉毛，張肅良長出一口氣，為自己無法如同以往那般狠下心腸而無奈。

不論是王斯閎的示弱，或是自己的猶豫不決，都讓他感到鬱悶。然而也就在同時間，唯恐天下不亂的囈語由懷中傳來，「肅良哥，我喜歡你……可以讓我喜歡你嗎……」

最後一層隔閡被毫無預警地戳破，張肅良嚇了一跳，瞪著看似仍熟睡的王斯閎，懷著洩憤的心態惡狠狠地掐住男人的鼻翼。半晌見呼吸不暢的王斯閎咕噥著掙扎，確認男人並非刻意裝瘋賣傻的張肅良這才稍稍緩和情緒。

儘管證實了猜測，張肅良沒有絲毫喜悅。在王斯閎勒緊的懷抱中艱難地由側身轉換成仰躺，望著暈黃的燈光，心頭高懸的大石越發沉重。

即使距離事發當日已經過去數天，張肅良仍舊時不時會陷入恍惚。這一天剛打卡下班，拎著隨身物品走出辦公室，正打算依循老方法排解煩躁，然而就在發動機車的瞬間手機響了，來電者正是始作俑者。

猶在為自己的心軟耿耿於懷的張肅良當然沒有接電話，直接按下拒絕，將手機扔進膝蓋旁的置物箱，扭轉原先直往鬧區方向的龍頭。沒了獵豔的心情，連帶胃口也受到影響，東挑西撿總算在一間連鎖滷味店外停車。

點餐後不久，老闆娘便動作俐落地送上餐點。他坐在還算熱鬧的店內，正有一搭沒一搭地將半顆丸子往嘴裡塞，手機又一次響了。

「嘖。」張肅良咂了咂嘴，正準備掐斷來電，卻沒料到映入眼簾的來電者並非王斯闊。

他放下筷子，盯著手機螢幕看了兩秒鐘才接通電話，動作隱約流露出幾分遲疑，「喂、媽。」

沉默良久，另一端終是幽幽出聲，「阿良，最近怎麼樣？還好嗎？」

「老樣子，該上班上班該下班下班，您怎麼樣了？」

「都這麼老了有什麼好不好，平常就打掃家裡，照顧你叔叔和瑄瑄。那個……我們那麼久不見，你中秋節有放假吧？可以找時間來家裡玩啊，我可以煮你喜——」

「不，不用麻煩了。」不讓母親把話說完，張肅良果斷拒絕，「我們碰到大節日都很忙，那幾天都要輪班，知道您過得好就好。」

「阿良你……你是不是怪我？」

聽聞並不陌生的提問，張肅良長嘆一口氣，也不管盤裡還有大半食物沒有吃完，邊說邊起身向外走，「媽您怎麼又來了。我不是說過嗎……我不怪您，我打從心底支持您的決定。」

「那你為什麼不願意來看我？也不知道你過得怎樣，我們很久不見了……」

走到人煙較少的巷道內，張肅良倚在機車邊耐著性子安撫道：「爸在外面亂來，您們離婚也是理所當然，至於您離婚後認識新的對象也沒什麼不對。況且我都三十多歲了，不用擔心我，您現在過得好我很高興，我不想讓您為難，也不想打擾您的生活。」

打從張肅良有記憶以來，父親便因經商長期旅外，家境優渥且衣食無憂的張肅良由母親獨立照顧。在外人看來從不爭吵的父母相敬如賓，家庭和樂美滿，直到高三那一年突然被告知父母決定離婚。

彼時他才驚覺幸福的假象實則建築在母親的痛苦上，父親長期在外，即使返家也與母親甚少互動，兩人連話都說不上幾句，更別提吵架了。得知真相的張肅良只覺得錯愕與震驚，如今來看，父親對母親長期的疏忽和漠視早已構成精神暴力。離婚後，父親並未爭取張肅良的監護權，而是選擇定期支付母子倆的贍養費，直到母親另覓良人。

大學畢業不久的張肅良當時才二十三歲，適逢多事之秋。年初得知母親決定改嫁，相隔不到一個月，他還未來得及適應母親身分的轉變，反倒先發現男友高彥騰的不忠。而也是同年六月，接手將近五個月、平日看似狀態穩定的個案無預警地選擇親手結束生命。

在那通道別電話中，伴隨著嘩啦啦的水聲，張肅良清晰地聽見一條生命逝去的聲響，真實得可怕。接連遭逢打擊，那陣子張肅良幾乎天天泡在酒吧，沉浸於酒精和性愛荒唐度日。

「母子見面哪來的打擾。」打斷張肅良思緒的是女人溫柔且略顯神經質的語調，「我們上次見面都多久以前了，好像是過年的時候？那天瑄瑄才——」

「媽，我會找時間，之後再和您聯絡。」張肅良不是第一次面對這種情形，深知母親個性的他早有經驗，無聲地嘆了口氣，嘴上胡亂應付著以拖待變。

父親的背叛和自己的後知後覺讓張肅良始終心懷愧疚，逐漸與母親疏遠的原因亦遠遠不僅止於男女有別和年歲增長。倘若可以，他不願介入母親得來不易的幸福。

即使母親再嫁的對象大方客氣，與自己有一半同樣血緣的妹妹天真可愛，張肅良仍然不願待在那個陌生的家。男人寧願在外孤身一人，也不願成為那個格格不入的外來者。

Chapter Five

第五章

「春宵苦短，我為什麼要跟你們這些臭男人在這裡浪費時間？」喝了一口啤酒，張肅良瞥向出聲抱怨的洪非凡，嘴上毫不客氣，「不想浪費時間還喝了一堆酒，把你剛剛吃的東西都吐出來。」

「好久沒吃到大白煮的飯，當然要吃夠本。」

「比誰都吃得多還廢話那麼多，你是要不要出題？」屋主陳鳴予皺起眉頭口氣不善，任誰都能聽出男人毫不掩飾的護食心態。

「火氣那麼大，房事不順吧。」

「我好得很。」

「讓我們來證明這一點。題目來了，你是處男嗎？」

「哎！Evan 你……」題目一出，自覺被針對的另一名屋主周晉哲忍不住抗議。

「來吧，交出你們的答案，各位要誠實啊。」

只見洪非凡低笑出聲，目光在數名友人面上逡巡，一邊樂不可支地說風涼話，一邊平攤手掌勾了勾手指。

最後統計的答案一如預期，三人的答案為否，一人為是。

不用問，從陳鳴予陰沉的臉色和周晉哲通紅的表情來看，不合群者無他，正是幾人之中外型相對不亮眼的周晉哲。

周晉哲皮膚白，微胖的身形並不高，性格溫和內斂、不在意被占便宜，禁得起人們或許善意或許惡意的笑鬧打趣，也因為如此才能容忍張肅良等人多年。

而在數人之中，就屬陳鳴予和周晉哲最為親近，甚至直到畢業後，還在醫院實習的陳鳴予依舊強拉著已經考上營養師的周晉哲當室友。打從大學時，陳鳴予便對自己的意圖從不加掩飾，就旁觀者的角度來看，兩人的關係長久以來都介於朋友和戀人之間曖昧不明。

如今洪非凡藉著桌遊粗魯地吹開籠罩在外的白霧，隱藏其中的當事人除了尷尬還是尷尬。

「阿鳴你這樣不行啊，都拖多少年了還沒把人拿下。還有大白你也是，要拒絕就直接給阿鳴一個痛快，我們阿鳴的大好光陰都被蹉跎老了。」

自顧自發表評論的洪非凡彷彿沒有察覺氣氛中的僵持，一席話引來陳鳴予如針刺般的怒視。

「說話小心一點，到時候害我們兩個被趕出去。」見不得洪非凡頻頻捋虎鬚，張肅良望向垂下眉眼的周晉哲隨口勸了一句，同時將飲盡的啤酒罐捏扁扔進垃圾桶。

今天是週五，幾人的休假日恰好久違地重疊，於是從九點開始在陳鳴予和周晉哲的租屋處聚會。

酒過三巡，喜好熱鬧的陳鳴予興沖沖地提議玩遊戲打發時間，洪非凡嫌這嫌那，總算在諸多遊戲中勉強選擇名為「真心話不冒險」的桌遊。

也不知為何，洪非凡今日的手氣好得過分，十次猜拳有七次獲勝，發問權幾乎牢牢捏在他手中，幾人被葷素不忌的問題整得臉色陰晴不定。

就如同此時，前一題消停不過幾秒鐘，再次勝出的洪非凡笑得猖狂，「這就是幸運女神的眷顧，你們這些凡人準備答題吧。」

氣悶的陳鳴予將藍色的計分板一扔，忍不住發難，「幹！你其實作弊吧？」

「哎維持風度啊，大白還在呢。」

「別廢話，快點出題。」

「來點簡單的，最近一個月的打炮爽度至少高達八分，對還是不對？」

題目一出，張肅良隨即知道自己繼周晉哲後成了下一個靶子。畢竟除了洪非凡，互相有意卻始終沒有進展的其他兩人這個月想當然根本沒開葷，而統計出的答案也證實張肅良的猜測。

「阿良，看來只有你呢，和我們說說那一場爽炮和那個對象。你也知道要找到合胃口的對象有多難，我好久沒有爽到失神了，說出來讓我聞香也好。」

張肅良對上洪非凡揶揄的目光沒有搭腔，為自己的誠實感到懊惱。

「是那個小狼狗吧？消防員的身材不錯吧？」

張肅良吶吶地應了一聲，試圖避開傾身逼近的洪非凡。然而男人沒有就此罷手的打算，接著追問：「你這麼懶，應該是你被幹吧？是什麼體位？有多爽？射了幾次？」

抿了抿唇，張肅良正尋思是否要賴到底，就聽到涼颼颼的調侃響起，「哎、願賭服輸啊。」

「是，背後位，不知道，忘記了。」被激得吐出答案，甚至不合時宜地想起那日性事帶來的刺激和快感，張肅良深吸一口氣，強壓下湧上喉間的乾渴加快語速，「不過我和他沒聯絡了，所以閉嘴吧。」

「你玩膩了？那讓我試試吧，畢竟好身材又有大鳥的天菜難得一見。」

聞言張肅良張了張嘴，還未來得及辨別自己想說些什麼，腦中卻先一步浮現男人眼角噙著淚光的模樣，「可是他……」

「捨不得？」

敏銳如洪非凡，當然察覺到張肅良的遲疑，賊兮兮的笑容滿是深意，「既然捨不得，為什麼不乾脆試試？」

張肅良開了一罐新的啤酒，一口氣喝下大半才緩過陌生的慌亂，重新找回以往的遊刃有餘，「洪伊凡你只有在說這種屁話的時候才像是念心理系的。」

「我就把這個當恭維了，不過你也不像社工，所以我們半斤八兩吧。」

「八兩個屁，趕快猜拳進行下一場。這裡有三個人等著報仇，沒聽過囂張沒落魄——」

笑鬧聲中，一個恣意的夜晚過去。一如大學時期一同度過的無數夜晚，沒有戰戰兢兢的工作壓力，只有互相調侃、互揭瘡疤的純粹。

快樂的時光總是過得特別快，轉眼又到了上班的日子。

別於男性之間互扯後腿的相處方式，女性為大宗的工作環境則是相對溫馨。

交班時間剛過，張肅良猶在處理手上最後幾份資料，社工員陸續離開前不忘和張肅良道別，「督導掰掰。」

「再見。」張肅良隨口回應著，目光始終膠著在電腦螢幕上，直到半個多小時過去，終於檢視完今日社工所遞交的記錄，張肅良這才起身收拾。

「宥伶姐，剛剛那通電話是怎麼一回事？」

「那是我們的ＶＩＰ，平均一週會打來一次，宣稱被政府迫害每天被人跟蹤，隨時有被暗殺的可能，或是其他亂七八糟的案情。」

「被暗殺？」初來乍到的新人顯然很震驚。

「一開始我們也很緊張，結果強制顯示來址一看，電話是從精神病院打來的。」

「所以只是惡作劇嗎？但怎麼辨別對方說得是真是假？」

「妳別擔心，多累積一些經驗，之後——」

聽著看似已經重新振作的賴宥伶藉著閒談的機會和新進同事說明來電型態，張肅良悄悄彎起嘴角，拎著隨身物品向外走去。

時序已經來到九月中旬，即使氣溫不似盛夏酷熱，室內及戶外的溫差依舊讓人難以忍耐。

張肅良頂著高掛的太陽站在巷道內，擰著眉頭，銜住濾嘴點燃菸頭，尼古丁還未來得及安撫體內的癮蟲，插在臀後口袋的手機便先一步傳來震動。

張肅良深深吸了一口氣，瞇眼呼出白霧，直接將接通的手機夾在拱起的肩膀和臉頰之間，「喂？」

「肅良哥，你下班了嗎？」

他眉頭一跳，為自己方才沒有查看來電感到懊悔，「有事嗎？」

「我想拿東西給你。」

「什麼東西？」

「我剛從老家回來，帶了一些伴手禮想要拿給你，有空嗎？」

即使沒有親眼瞧見，張肅良也能想像王斯閎此時討好的表情。有些殷切又有些怯生生，像極了一隻沒有威脅性的大狗。

或許是因為沉默造成了壓力，王斯閎不等張肅良搭腔便連忙說道：「只要一下子，我把東西給你就立刻離開，不會煩你，好嗎？」聲量越來越低，到最後字句幾乎糊在王斯閎嘴裡，聽聞不清。

張肅良望著裊裊散開的煙霧，說不出自己心頭在想些什麼，洪非凡的聲音反倒喧賓奪主地在腦中響起。

與其一直欺騙自己，何不順從你的心？

「好……」

於是就這一瞬間的愣神，衝動的答案躍出舌尖，張肅良再想反悔已來不及。事已至此他索性一不作二不休，自己不好受也沒打算讓王斯閎好過，「五分鐘後在之前去過的那間麥當勞碰面，我等等還有事，時間一到就會離開。」

張肅良不清楚王斯閎此時身在何處，是否方便相約，話一說完也不給男人討價還價的機會，直接掛斷電話。

有時候，讓命運決定比決定命運來得更為容易。

麥當勞在距離接線中心辦公室不過三分鐘車程的位置。張肅良在速食餐廳對面找了一個車位，出於自己都不清楚的心態，他沒有下車只是時不時回頭探看。

很快地兩分鐘過去，那抹總像團火般熱情的身影沒有準時出現。他抿了抿唇沒再多做停留，重新發動機車便直往租屋處的方向去，恰好與迎面而來的計程車錯身而過。

在轉紅的號誌燈前慢下速度，張肅良的注意力被不知持續多久的手機震動聲吸引，還在考慮是否接聽，就聽熟悉的呼喚響起。

「肅良哥！等等！」

張肅良疑惑地抬起頭，下意識四處張望，然而放眼所及並無異狀。正要自嘲自己已經動搖到產生幻聽，音量比前一次更大的呼喚又一次穿透車流之間的喧囂，「肅良哥！這裡！」

證明自己耳朵功能尚且正常的張肅良，最後在右後方的街道邊找到聲源，他一臉錯愕望向揮舞雙手的男人，心頭那點疙瘩悄然消融。

迎著行人好奇的目光，張肅良連忙把車停在路邊，忍不住發牢騷，「你遲到了。」

「抱歉，剛才打電話的時候我在分隊，已經請司機大哥盡量趕了，還好肅良哥你還沒走遠。」王斯閎伸手抹去額際的汗一身狼狽，分明目睹張肅良離去的身影卻毫無怨言依舊爽朗。

「其實沒拿到也沒關係，你可以分給其他朋友吃。」

「不行，這些是我特地買給肅良哥的。」

過於燦爛的笑容刺眼得讓人不忍直視，張肅良接過分量十足的塑膠袋，佯裝好奇地垂下眼簾，試圖隱藏忍不住上揚的嘴角，「怎麼這麼重？你都買了什麼？」

「有桐花餅、木雕餅和一些客家糕點，然後這家店的肉鬆和豆干都滿好吃的，是網路上熱門的團購商品。另外還有草莓相關的製品，因為不知道肅良哥比較喜歡什麼，所以都各買了一些。」

「這麼多我怎麼吃得完？」

「你可以慢慢吃，再告訴我比較喜歡哪一種。但是糕點類的保存期限比較短，要記得——」

張肅良正饒富趣味地聽王斯闔介紹那袋承載了厚重心意的伴手禮，不陌生的男聲突然煞風景地響起，「學長？」

聞言張肅良不著痕跡地蹙眉，強烈的倦怠和厭惡幾乎是本能地湧上胸口，全然不願探究聲源是否如自己所預期。

「你剛剛說哪一種的保存期限比較短？」沒有解釋自己片刻的分神，張肅良接著問。

「我說——」

「學長！」原先有些距離的男聲這一回已經近在咫尺。

「那個……肅良哥，好像有人在叫你。」

對話一再被打斷，看著王斯閎尷尬的表情，張肅良只能不甚甘願地回過頭，「請問有事嗎？」

「學長果然是你！剛剛遠遠地看到覺得很眼熟，想說和你打聲招呼。」

「招呼打了，你可以走了。」目光掠過高彥騰和身旁的女伴一眼，張肅良語氣冷淡。

「學長別那麼無情嘛，我們好久沒敘舊了，現在有空嗎？」

「敘舊？我和你沒什麼好說的。至於小姐，我們認識嗎？」

「不，沒有。」

由面露困惑的女子口中得到預料中的答案，張肅良聳了聳肩，瞥向高彥騰的視線夾帶挑釁，「既然我沒記錯，那就不勞費心了，我們沒有舊可以敘。」

「學長，我有很多話想跟你說，就我們兩個聚一聚，和以前一樣。」高彥騰彷彿沒有注意到女伴越發不悅的表情，自顧自說道：「我們可以找一間美式餐廳，點你喜歡的披薩和炸雞，還有——」

察覺掌心傳來的搔癢感，張肅良嫌惡地皺眉，還未來得及甩開高彥騰作亂的手，就聽見王斯閎搶先發話，「肅良哥沒有空！他和我有約了！」

「學長，這位是？」

「我是……」

對上高彥騰眼中理直氣壯的控訴，張肅良只覺得繃緊的理智線驟然斷裂，忍無可忍的情緒在霎時間爆發。

「他是我男朋友，公開透明的男朋友，不像某人做事遮遮掩掩，敢做不敢當。」張肅良接過王斯閎試圖反擊卻底氣不足的話頭。

張肅良個性好強，鮮少表現出隱藏在散漫外表下的在意，即使男人當年的背叛在心頭留下極為深刻的創傷，分手時他依舊瀟灑。

如今拜高彥騰不知悔改的態度所賜，張肅良首次發難，不為其他，就為瞬間的爽快，「看來你多多益善的個性還是沒改，但我不樂意有外人介入我的感情生活。小姐那妳呢？妳有什麼想法呢？」

「什麼意思？」

「牽著妳的手，當著妳的面都還想勾搭別的男人，妳就別再自欺欺人了吧。」新仇加舊恨，憑著一股積累多時的惡氣，張肅良不再顧忌高彥騰是否公開出櫃，過往的瘡疤成了最有說服力的武器。

「他是不是跟妳說外面那些鶯鶯燕燕只是朋友？是不是說過最愛妳一個？是不是說只有妳能包容他的一切？站在過來人的立場，我勸妳回頭是岸啊。」

只見女人警戒的臉色越發鐵青，也不給高彥騰解釋的機會，「你這男女通吃的王八蛋！」她狠狠地甩了男人一巴掌，轉身就走。

看了一場好戲，張肅良彎起嘴角，眼底的笑意更甚。目送女人的背影漸行漸遠，他看了錯愕的高彥騰一眼，不忘落井下石，「她做了明智的選擇，我欣賞她。」

「學長你怎麼變成這樣？以前明明……」

「我倒該感謝你讓我清醒，別再來招惹我，否則我可不會客氣。」

「學長……」

方才那番騷動引來不少行人駐足旁觀。張肅良也沒打算一起和高彥騰丟臉，不欲再與男人有糾葛，拉著王斯閎快步離開。

「肅良哥我們去哪？」

清算陳年往事雖然大快人心但難免惆悵，張肅良猶在為當年有眼無珠感到唏噓，便被王斯闓不識相的提問逗樂，忍不住笑出聲，「問你啊，我們不是有約了嗎？」

「哎？我剛剛只是──那我們去吃飯好嗎？但是附近好像沒有美式餐……」

見突然意識過來的王斯闓生硬地扭轉話頭，張肅良不禁莞爾，「不一定要美式餐廳。」

「但是肅良哥不是喜歡嗎？」

「喜歡也不用餐餐吃吧。」

「我想讓你開心。」

王斯闓雖然不至於口拙，但遠遠不及高彥騰伶牙俐齒。不過也因為如此，說出口的話總是不拖泥帶水的真誠。平鋪直敘的一句話，不帶絲毫邀功意味卻能直擊人心。

「我已經很開心了，非常開心。要是知道當壞人這麼爽，我早就這麼做了！」

張肅良胸口充斥各式各樣的情緒，垂下眉眼選擇性地忽略心頭因為王斯闓掀起的小波瀾，刻意揚高語氣，「想不到吃什麼就吃牛排吧？就在附近，我想吃肉。」

七點多正是晚餐的尖峰時間，巷子內的平價牛排館生意絡繹不絕，兩人等了一會才入座，肚子裡的饞蟲早被空氣中的食物香氣誘得直翻滾。

「餓死了，我要牛排雙拼，你呢？」

「肅良哥剛才你說——」

「謝謝你剛才沒拆穿我的話，這餐我請客，怕吃不飽可以加麵。」清楚王斯閎想問什麼，張肅良索性直接打斷男人未盡的話頭。

「哦……」一如預期，王斯閎因為這番話感到鬱悶，但僅僅瞬間便恢復如昔，

「那我要豬排和雞排雙拼，加麵，我不吃牛肉。」

望著王斯閎略顯靦腆的傻笑，張肅良鬆了一口氣，沒來由地跟著彎起嘴角，將點菜單交給服務生後順勢接話，「為什麼不吃牛？」

「因為老家種田。」

張肅良揚了揚眉，在起身走向沙拉吧前問道：「紅茶、麥茶還是冬瓜茶？」

「麥茶好了。我來裝玉米濃湯，肅良哥要嗎？」

「好。」

兩人默契十足地分工，很快便將自助式的餐點備妥。返回座位時服務生正送上加熱過的奶油餐包，在燈光照射下顯得格外可口。

「那你偷吃過嗎？」

「咦？」超乎預期的問題響起，王斯闓慌忙嚥下嘴裡的餐包大幅度地搖頭，「不！沒有！我不會，我不是那種人，我保證……」

連忙否認的王斯闓在張肅良含笑的注視下收聲，察覺自己會錯意的男人臉色漲紅，尷尬得險些結巴，「那個……我……」

張肅良見狀只是笑，笑得沒心沒肺，笑得緋紅由頸項一路爬上王斯闓的耳根。即使侷促如斯，王斯闓依舊捨不得從張肅良少見的愉快表情上移開目光。

「肅良哥你這週有空嗎？我找到一家評價不錯的美式餐廳，聽說焗烤、披薩和烤豬肋排都很棒，還有各種炸物吃到飽。」

前些日子的意外在兩人之間擦出革命情感的火花，許多事物似乎也隨之生變。

一如張肅良無法將王斯闓視為單純的炮友，再如此時拒絕都到嘴邊了，猶死死黏在舌尖吐不出口。

「肅良哥，你覺得如何？」

隔著手機也能聽出王斯閎話裡的忐忑。

開鎖走進租屋處的張肅良反手把門關上，按開電燈懶洋洋地把自己扔上沙發。或許是因為屋內的冷清作祟，懷念起他人體溫的張肅良終於鬆口，「還行。」

「後天好嗎？我那天排休。我知道餐廳附近有夜市，吃完晚餐還可以四處走走，或是——」

「那到底是要在餐廳吃到飽，還是留肚子去夜市？」出聲打斷興致勃勃悉數行程的男人，張肅良忍不住調侃。

「不是、呃……還是去打球？我知道附近有球場，好像滿多……」

聽聞王斯閎越發沒底氣的語句，張肅良低笑出聲，「先不提剛吃飽就運動會胃下垂，你看我像是會打球的人嗎？我最喜歡的運動就是打炮。」

拜男人所賜，方才突然湧上心頭的孤寂感頓時一掃而空，後天的晚餐之約似乎也變得令人期待。

四十八小時不過一轉眼，時間很快來到約定的日子。

一如高彥騰所言，大學時期的張肅良確實熱愛美式餐廳，當時好吃好動的青年時常號召同樣喜歡高熱量食物的三五好友，在以吃到飽為噱頭的店裡大肆吃遍炸雞、薯條和各種口味的披薩。

然而隨著年齡逐漸增加，可能是口味又或心境起了變化，張肅良已經許久沒有特意到美式餐廳消費。睽違多時的這一餐，讓他覺得既懷念又盡興。

酒足飯飽，張肅良單手支著下頷，喝了一口可樂故意問道：「所以等等是什麼安排？」

只見王斯閎投來一記無辜目光，霎時間張肅良彷彿聽聞犬類獨特的嗚咽聲，透著委屈的討饒意味，「肅良哥想去看電影嗎？最近有幾部電影好像評價不錯。」提案數次被駁回的王斯閎顯得小心翼翼。

「看電影？」

「嗯。」

「特地跑到黑漆漆空間裡，就只是為了看電影？」撩起眼皮，張肅良拖長的聲線依舊懶散，上揚的尾音韻味十足。

「我、我沒有其他企圖，真的！」

站起身的張肅良聞言只是不置可否地挑起眉頭，途經王斯閎時以拿取帳單為名稍稍彎腰伏低，湊在男人耳畔低語：「那還真是可惜。」

張肅良拋下一句話，也不等王斯閎反應逕自走向櫃臺。

半分鐘過去，陷入怔忡的男人恍若大夢初醒，慌慌張張地追上正在結帳的張肅良，「肅良哥！」

和店員道謝，率先步出餐廳的張肅良發出一聲鼻音，「嗯？」

「你剛才……那是什麼意思？」

「怎麼了嗎？」

「就是你剛剛說可惜——」

望著欲言又止的男人，張肅良故作疑惑地偏了偏腦袋，「我有說什麼嗎？」

「肅良哥你每次都這樣，那樣犯規……」

不是沒聽聞王斯閎的嘟囔，故意使壞的張肅良抿唇淺笑，不得不承認男人的溫和脾性和有趣反應正是自己忍不住再三逗弄的原因。

然而風水輪流轉，那晚張肅良如何仗恃電影院內的昏暗燈光恣意撩撥王斯閎，在兩週後的這一天全都被一次討回。

「肅良哥，我可以追求你嗎？」

清醒時分，不再是得以忽略的夢話，張肅良終究迎來並不陌生的提問。

目光掠過一臉忐忑的提問者，他暗嘆一口氣，佯裝被頻頻發出孩童嬉鬧聲的戲水區吸引，避開那雙黑眸中的熾熱光采。

張肅良清楚過去那段感情對自己的影響，或許是因噎廢食，但始終沒有再接受下一段親密關係也是事實。

說穿了，張肅良就是害怕。

並非害怕保鮮期的長短，而是害怕面對變質後的滋味。情正濃時有多甜美，適逢背叛後就有多酸澀，思及此他只覺得早餐嚥下的食物在胃裡翻騰，外出遊玩的興致大受影響。

今天這一趟是王斯閎以感謝前一次晚餐的名義發出邀約，追著九月的夏日尾巴，兩人的目的地不再是相對靜態的旅館或餐廳，而是位於中部的水上樂園。

張肅良雖是北部人，但經過大學四年的時間，中部之於男人倒是多了幾分歸屬感，也因為如此，即使心頭隱約有些猜測，他依舊選擇將之拋諸腦後應下邀約。

兩人大清早搭乘租來的車輛，由王斯閎駕車前往水上樂園，一路上高昂的情緒讓張肅良的話多了不少。

歷經近兩個小時的車程和漫長的購票人龍，好不容易入園的張肅良拉著王斯閎，直奔最受歡迎的遊樂設施，將三層樓高的U型滑道和各種高空滑水道玩遍一輪，這才在王斯閎的建議下找了個池畔邊的攤販暫作歇息。

「肅良哥來，你的牛奶口味。」

「謝了。」坐在遮陽傘下的座位，張肅良接過王斯閎遞來的霜淇淋，順勢探出舌尖舔了一口，濃郁奶香登時充滿口腔，涼意成功驅趕暑氣。

張肅良滿足地吐出一聲喟嘆，正要說些什麼，一抬眸卻恰好撞上幾道落在王斯閎身上的灼熱視線。目光來自不遠處的數名妙齡女子，顯然正對男人評頭論足。

短短半天，類似的場景張肅良就至少察覺三回，而且男女不拘。

畢竟王斯閎仗著如同教科書般的好身材，硬是將普通的三角泳褲穿出惹人注目的程度。陽光朝氣的面孔，搭配不過於賁張的胸肌、三角肌、腹直肌，和隱沒在泳褲中的人魚線，比救生員還標準的身材，吸引眾人的目光也不奇怪。

見當事人始終遲鈍，張肅良準備出言揶揄，反倒被王斯閎先一步搶白，「肅良哥，我喜歡你，希望你能給我這個機會。」

被猝不及防的問題突擊，張肅良張了張嘴陷入啞然。

答應從來不在考慮範圍內，但真要拒絕又吐不出口，他猶豫再三，終究選擇慣常的應對方式，保持緘默。

逃避似地望向不遠處的人工海嘯區，張肅良聽著園區刻意配合海浪節奏撥放的密集鼓聲，任由逐漸融化的霜淇淋滑落甜筒餅皮，最後沾上手指。

原來這就是王斯閎一整天都心不在焉的原因……不合時宜的思緒浮上腦海。

尷尬一點一點地蔓延，無聲的拉鋸彷彿繃緊的弦，直到王斯閎率先打破僵持，「那個、我去一下洗手間。」

目送男人失落的背影離去，張肅良收回視線，盯著手中已經化成液體、外觀不佳的霜淇淋看了半晌，下意識低頭舔了一口，下一秒便因過於甜膩的味道攏起眉頭，胃口全無。

無言以對和直白拒絕有何不同？伯仁同樣因你而死！我們只是朋友……只是朋友？別傻了，哪個朋友會整天噓寒問暖？既然早就知道王斯閎的目的，為什麼一次又一次答應他的邀約？

或許是因為少了發問者候在一旁的壓力，又或是已由片刻的失神清醒過來，接二連三的質問在張肅良腦中響起，罪惡感隨之湧現。

他煩躁地晃了晃充斥各種聲音的腦袋，猛地站起身，也不管椅子摩擦地面發出刺耳的聲音，邁步就走。

張肅良並未預設目的地，只是想走一走轉換心情。在途經垃圾桶時本想順手扔了霜淇淋，他卻盯著已經黏膩不堪的甜筒餅皮看了許久，又鬼使神差地收回手。

出於張肅良自己也說不清楚的原因，他在洗手間洗手時順道把甜筒餅皮也一併沖洗乾淨。

眼睜睜看著乳白色的液體消失在洗手槽的排水孔，張肅良突然撇了撇嘴，發出一聲低嗤的鼻音，為自己悲秋傷春的行為感到好笑。末了，無緣被吃進肚裡的甜筒餅皮終究落入垃圾桶。

沒在洗手間碰上王斯閎的張肅良，在重整情緒後循著原路慢悠悠地向回走，然而不待重返方才歇息的位置，就聽熟悉的男聲響起。

「不好意思，請讓一讓，借過一下！」

那是急切卻不慌亂的語氣，透出張肅良陌生的可靠和威嚴。張肅良猶在懷疑似曾相識的聲源究竟是否真如自己所想，就見王斯閎打橫抱著一個陷入昏迷的孩子，在水中跨著大步直往岸邊靠近。

沒有理會眾人嘰嘰喳喳的詢問和猜測，王斯閎急救的動作相當流暢，一如先前宣導課程時的演練，抬額、壓顎、確認呼吸道、壓胸等步驟無一遺漏。幸而不一會，就見年齡約莫十二、三歲的男孩接連嗆出幾口水，悠悠轉醒後開始劇烈咳嗽。

於此同時，孩子的父母與負責人工海嘯區的救生員慌忙到場，問題連珠炮般一個接一個。

「小寶！小寶你還好嗎？」

「我兒子他還好嗎？」

「先生請問你是？」

「我是消防員。孩子應該暫時沒事，但這幾天要注意，如果有任何異狀就立刻就醫。」

王斯閎為男孩拍背的動作十分輕柔，對上家長和救生員的神情卻滿是不認同，「你們怎麼能放任孩子一個人在海嘯區玩？還有你們，救生員應該時時刻刻盯著水面的狀況，怎麼可以只顧著和遊客聊天？」

相對連連附和的圍觀群眾，被指責的幾人臉色紅紫交加，而立功的王斯閎則猛地一愣，顯然為預期外的發展感到尷尬。

「總之溺水的過程大多很安靜，因為不容易察覺所以更需要注意，那……」王斯閎伸手搔了搔頭，夾帶不自在的聲音越來越輕，「就這樣，後續就交給你們了……」

只見成為注目焦點的王斯閎手足無措地朝身旁數人點頭致意，匆匆穿出圍觀人牆，直往方才兩人告別的攤販方向去。

隱在群眾間的張肅良見狀，原先打算出聲叫住王斯閎，但男人走得很急，他只能跟著加快腳步。遠遠地瞧見王斯閎在座位區四處張望，有別於適才急救孩童時的意氣風發，像極了找不著主人而不安打轉的大型犬，張肅良心頭一暖，嘴邊噙著笑意上前。

「王斯閎，這裡。」

四目相對的瞬間，王斯閎頓時鬆懈下來，隨之綻開的笑靨格外燦爛。

「肅良哥，抱歉讓你久等了。」

「沒事，你剛才不是忙著拯救世界嗎？」

王斯閎似乎沒預料到話題會轉向自己，有些不好意思地搔了搔頭，「你看見了啊，我有點多管閒事了……」

「怎麼會，你不是很帥氣地救了那個孩子嗎？」

「肅良哥覺得我帥氣嗎？」

發出一聲短促的咕噥算是回答，張肅良伸手揉上王斯閎仍淌著水的腦袋，又在望見男人傻兮兮笑容的剎那，連忙錯開目光。

「那個……肅良哥，我能兌現之前你送我的禮物嗎？」

來不及收回的手被男人拉住，張肅良心頭一跳，下意識繃緊神經，「你想要什麼？」

「我希望肅良哥一直都很快樂，所以請答應我，不管做任何決定都以自己為優先好嗎？」

「咦？這是你的願望？」預期的交往要求沒有出現，張肅良眨了眨眼，有些反應不過來。

「這個要求不可以嗎？」

「不是，不可以的是你太傻太天真。」雖說張肅良不樂意被人握著把柄要脅，但王斯閎選擇把千載難逢的機會用在這種不痛不癢的地方，就連他都替男人感到惋惜。

「沒關係，肅良哥高興就好。」王斯閎如是說道，又露齒笑得毫無心機。

「我都要搞不清楚你到底是真傻，還是老謀深算……」

張肅良將一切看在眼裡，無法否認自己確實數次被王斯閎打動。

男人的關懷總是直白得恰到好處，如同冬日暖陽那般和煦溫柔。更重要的是，王斯閎不善隱藏情緒，這讓張肅良毋須費心揣測，只消一眼就能看出男人腦袋裝了些什麼。

「肅良哥，你說什麼？」

「我說，我同意了，同意給你機會。」

「真的嗎？」一如此時，王斯閎的表情先是錯愕而後是不可置信和狂喜，所有情緒表露無遺。

「我只是暫時允許你追我，我可還沒──」

張肅良板著臉試圖強調自己的讓步僅限於此，然而話才說到一半就被男人撲了滿懷，「謝謝肅良哥！」

大庭廣眾之下一名男性被另一名男性抱起來旋轉，那畫面是否浪漫還不一定，但招來議論卻是無庸置疑。話雖如此，張肅良的嘴角卻依然悄悄失守。

Chapter Six

第六章

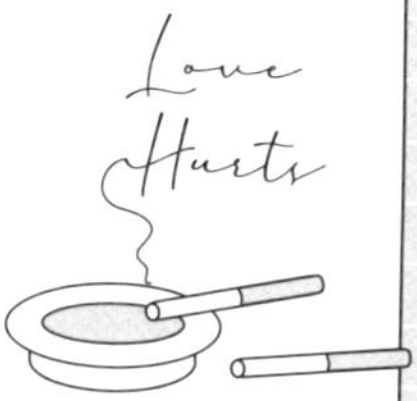

恋は傷つくもの

Koi Wa Kizutsuku Mono

「那我下班囉，雄哥再見。」

目送王斯閎走出分局，王振雄扭頭望向坐在值班臺的李宇丞，「阿閎是中頭獎嗎？不然為什麼那麼高興。」

「有嗎？」

「他整個下午都在傻笑，你沒發現嗎？」沒有得到預期中的附和，王振雄伸手拍上年輕消防員的腦袋。

「吼呦，雄哥你幹嘛啦！」

「上班打什麼電動，認真一點！」

「雄哥你去問阿凱學長啊，他們不是同梯嗎？」顧不上吃痛的後腦，專注於手機畫面的李宇丞試圖禍水東引。

李宇丞話才剛說完，就聽見男聲響起，「問我什麼？」

「阿閎最近似乎心情不錯，你知道原因嗎？」

只聽邱澤凱沉吟片刻，方才發話，「聽雄哥這麼一說好像是耶，不過我只知道上次排休他好像跑去中部玩，可能——」

這頭分局內討論得熱烈，另一頭的當事人則是在返回租屋處草草洗漱後睡了一覺，而後便早早出門候在兩人相約碰頭的麥當勞。

「肅良哥你下班了嗎？」

坐在單人的靠窗座位，王斯闊就著杯緣喝了一口可樂，傳出的訊息很快獲得回覆：「快了，準備打卡。」

「我在麥當勞的騎樓等你。」

仰頭將杯中最後幾口可樂飲盡，王斯闊咬著冰塊走出冷氣房，幾乎是跨上機車的同時就見到熟悉的身影停在自己跟前。

「走了。」張肅良沒有多做停留，只是朝王斯闊招了招手便逕自驅車向前。

兩輛機車一前一後，不過十分鐘的路程，很快便抵達鄰近交流道的觀光夜市。搭有天幕的夜市很大，除了一樓的美食區還有二樓的親子遊樂區。此時差不多六點左右，一攤攤散發誘人香氣的美食已經準備妥當，各自吸引大批朝聖者。

這成了王斯闊最好的藉口，逮住穿梭於人群之間的機會，理所當然地伸手扣住張肅良的手腕。瞧見男人無聲揚起的眉，王斯闊揣著為了占便宜而壯大的膽子咧嘴傻笑，「人有點多，這樣才不會走散了。」

「嗯哼。」

張肅良輕飄飄的鼻音夾帶著嘲諷，王斯閎只覺得熱意一路由頸根湧上耳後，手上圈握的力道不減反增。

「肅良哥你有想吃什麼嗎？」

「都好啊，夜市不就是隨便看隨便吃嗎？」

沒有得到具體的答案，王斯閎索性在一間掛有「紅茶鮮奶」四個大字的飲料攤前停下，「肅良哥，你要喝飲料嗎？」

「你買吧，我晚點再買飲料，我想先吃點東西。」

王斯閎聞言也不強求，兀自點了一杯招牌奶茶嘗鮮。

「這奶茶的外型滿特殊的。」如同張肅良所言，王斯閎手中的飲品和平日常見的手搖杯不同，攤販捨棄慣用的紙杯，而是直接以印有店名的塑膠袋包裝。

「肅良哥要嗎？」

「我想先吃鹹的。」

又一次被拒絕。王斯閎就著吸管喝了一口奶茶，正尋思張肅良是否不願和自己共食，就被男人扯往另一個方向。

「我要一份臭豆腐和蚵仔煎，一起吃還是你要自己另外點？」張肅良的提議彷彿憑空落下的禮物，砸得王斯閎一愣。

「還是你不想吃？」

「不、不、不！一起！一起吃就好！」

急切的王斯閎顧不上控制音量，過大的舉動換來小販善意的訕笑，「好啦，你們兩個帥哥一起吃一份啦，這樣才有肚子吃別的，阿姨幫你們裝起來。」

「多虧了你的嗓門，連點餐的步驟都省了。」

迎上男人透出幾分嗔怪幾分揶揄的目光，王斯閎笑著抓了抓頭，接過中年婦人遞來的紙餐盒，討好地往張肅良眼前送。出乎王斯閎意料的是，張肅良拿起竹筷，夾起泡菜和一塊臭豆腐便送往自己嘴邊。

「張嘴。難不成還要我哄嗎？」

男人接二連三的親暱舉動砸得王斯閎心花怒放，呆愣愣地聽令張嘴，然後機械地咀嚼，全然吃不出食物本身的味道，只覺得胸口漫開的滋味盡是甜蜜。

「好吃嗎？」

「肅良哥手上的都好吃。」

惹來一記白眼，王斯閎也不在意，樂呵呵地張嘴接下另一口蚵仔煎。你一口我一口，之於兩名成年男子不過是開胃菜的臭豆腐和蚵仔煎很快見了底，而肚裡的饞蟲似乎也因而甦醒過來。

食欲大漲的兩人陸續買了章魚燒、蔥肉捲和大腸包小腸，都才吃了一半，張肅良又一次駐足在攤位前，「等等。老闆，給我一份豬血糕。」

「要辣嗎？」

「好，多一點花生粉。」

張肅良結了帳，從老闆手中接過豬血糕，迫不及待地張口就咬，「嘶，怎麼這麼辣。」

只見好不容易嚥下食物的張肅良嘴角沾著花生粉，兩眼噙著被嗆出的淚光，一邊以手搧風，一邊探出舌尖將唇瓣舔得水潤，有些狼狽的模樣看在王斯閎眼中只覺得萬分可愛。

「沒有水，只有奶茶，肅良哥要嗎？」將手中的奶茶遞上前，只有王斯閎自己知曉這話裡藏著何其濃厚的私心。分明早已不是血氣方剛的少年，間接接吻依舊是個極具誘惑力的舉動。

眸底倒映出張肅良銜著吸管的模樣，王斯閎不爭氣地嚥了口唾沫，分明更親暱的舉動都做過無數次，胸口的騷動卻更甚過往。

「肅良哥，還好嗎？」

「嘶、沒事。」張肅良說著又咬了一口豬血糕，而後依依不捨地將竹籤塞進王斯閔手中，「還不錯吃但是太辣了，你吃辣嗎？」

王斯閔平常並不吃辣，然而甜頭當前別說只是辣，再噁心的惡作劇調味飲都能面不改色地喝下。在留有張肅良齒印的位置大口咬下，下一秒王斯閔便被辣味造成的刺激逼出眼淚，抽了抽因而分泌的鼻水，試圖壓抑咧嘴抽氣的衝動。

恐怕是王斯閔憋得滿臉通紅，這番根本藏不住的舉動難免被張肅良察覺，男人不禁低笑出聲，「不能吃辣就別勉強，走吧還想吃什麼？炸雞部隊麵？麻辣鴨血？大阪燒？匈牙利煙囪捲？凍檸茶？」

嘴裡被塞進一顆章魚燒，王斯閔只能口齒不清地應了一聲，直接拉著張肅良到攤販前以行動作答。在排隊人龍中，兩人有一搭沒一搭地閒聊，費了一些時間總算買齊餐點。

此時滿手的戰利品反倒成了兩人進食的阻礙，王斯閔仗著身高張望片刻後提出建議，「肅良哥想吃蛤蜊嗎？印象中那間滿有名的，也有位置坐。」

兩人在主打各種海產的攤位坐下，就見張肅良大筆一揮，作主把菜單上如烤鮮蚵、蛤蜊燒、懶人蝦、胡椒魚、焗烤扇貝、胡椒鳳螺等生鮮都點了一輪。

「有想加點什麼嗎？」一個晚上鹹的甜的零零總總買了十多樣小吃，然而在進食時張肅良遠遠沒有結帳時積極，以至於解決大部分食物的王斯閎已經七分飽。

「不用了，不過這樣不會太多嗎？」王斯閎瞪著花花綠綠的菜單，不由得語帶遲疑。

「海鮮分量都不多，而且你還年輕，多吃一點。」

對上張肅良若有所指的視線，王斯閎眨了眨眼，並未跟上男人思緒，「為什麼？」

兩人閒談的同時，動作俐落的店員已經陸續送上餐點。王斯閎原以為話題被打斷後不會得到答案，卻沒想到張肅良夾起一塊蚵肉慢騰騰放進嘴裡，瞇眼對自己笑得興味十足，「海鮮壯陽啊。」

死死盯著男人口中若隱若現的粉色舌尖，王斯閎就算再遲鈍也知曉張肅良擺明了刻意撩撥，嚥了口唾沫，耳邊鬧哄哄的嘈雜聲彷彿因而遠去。

最終的結果是王斯閎確實吃了不少海鮮，但卻苦無對象測試效用，反倒是在歷經一夜春意盪漾的夢境後全糊在內褲上。

「肅良哥你下班了嗎？」

「剛離開辦公室，餓死了我要去買宵夜。你覺得滷味和鹹酥雞哪個好？還是燒烤比較好？」張肅良前天剛從早班換成中班。調整生理時鐘的陣痛期向來依靠食物來填補，而每當這種時候高油高鹹的垃圾食物總是首選。

聽聞手機另一頭傳來吞嚥唾沫的聲音，張肅良忍不住笑出聲，「需要幫你外送嗎？」

「唔……」只聽男人沉吟良久，猶豫多時才給出答案，「不要好了，吃太飽睡太熟的話會聽不到警報聲，而且肅良哥很累了吧。今天也很忙嗎？」

「老樣子，每天都有響不停的電話，昨天是，今天是，明天也是。」

根據過往的統計，每天至少有六名個案因為不堪家暴、性侵或霸凌揚言自殺，工作壓力有增無減。思及此，張肅良詫異地發現自己已經好些時日沒有透過性愛抒發壓力。

不知出於何種緣故，他確實許久不曾懷念那些荒唐的夜晚，甚至菸癮也稍稍趨緩，究其原因，顯然與王斯閎脫不了關係。

「肅良哥好辛苦。」

王斯閎認真的語氣讓張肅良忍不住勾起嘴角，「打火一哥才辛苦吧？」

「聽到肅良哥的聲音就不累了，如果每天都能見到你就好了……」

一如此時，兩人的對話也不知如何兜兜轉轉又繞回老話題。打從張肅良鬆口，本就積極的王斯閎越發無所顧忌。男人過於坦率的發言總是如同拋入心湖的石子，不華麗不花俏，卻能掀起陣陣餘波。

張肅良站在燒烤攤前，有些不自在地蹭了蹭鼻頭，手裡捏緊等待結帳的鈔票，拙劣地扯開話題，「哎、我說這時間你該休息了吧。」

「可是我還……」

「沒有可是，養足精神才能出任務吧？乖一點，嗯？」當張肅良意識到自己所言為何已然太遲，他欲蓋彌彰地乾咳兩聲，卻阻止不了爭先恐後湧上雙頰的熱意。

在床上追求快感的張肅良面對炮友向來葷素不忌，什麼辛辣煽情的話都說得出口。如今立場改變，稍稍親暱一些都顯得太過曖昧。

左胸內跳動的節奏有些失速，他鴕鳥似地選擇逃避，連忙幾句話打發還欲多說的男人，倉皇掛斷電話。然而當手機真的不再傳出熟悉的男聲時，又不得不承認心頭確實隱隱有些空虛。

張肅良揣著無可言喻的情緒，終於迎來兩人都排休的這一天。

明天依舊要上班，所以並未選擇跨縣市的景點。考量到王斯閎值了一夜的班，為了養足體力，張肅良和男人相約碰頭的時間在午後四點。

兩人先是悠哉悠哉地逛了一圈逐漸點亮燈籠的老街，晚餐則是近年熱門的痛風火鍋，除了肉品吃到飽，龍蝦、牡蠣、花枝、蛤蜊、中卷、貝類等各式海鮮更是擺了滿滿一桌。當然在張肅良的分配下，有將近七成都劃作王斯閎的責任範圍。

「看你愁眉苦臉的，如果吃不下不用勉強。」

「不、我只是……」

「只是？」挑起眉頭，張肅良從鍋裡撈起一片燙得半熟的和牛。

「吃太多的話又會……」

只見面露侷促的王斯閎遲疑片刻，這才放下手中的筷子，傾身靠近的同時向張肅良招了招手，聲音壓得極低，「每天都洗內褲會被發現……」

張肅良聞言怔了怔，心頭湧上旖旎情緒的同時忍不住笑出聲，「果然年輕就是本錢，等等就去幫你多買幾件內褲換穿，放心吃。」

「肅良哥你又開我玩笑……」

望著一臉苦惱的王斯閎，張肅良笑得越發燦爛，「幾件衣服的錢我還是有的。」

在逗弄男人的過程中，張肅良深刻地體認到，在一個情境中當對方比你更加羞窘時，害臊便能無藥而癒。

飯後，行動力十足的張肅良拉著王斯閎來到餐廳附近的賣場。沒有給男人退卻的機會，染著一頭金髮的店員已經迎上前來，「先生您好，請問兩位今天需要什麼呢？」

「我想找幾件內褲。」

「習慣穿什麼款式呢？三角、四角、丁字還是想看看其他特別的款式？」

「四角的就好。」這一回，接話的是頸根通紅的王斯閎。

以眼角餘光偷覷面露尷尬的王斯閎，張肅良不由得抿嘴竊笑。

「習慣穿寬鬆款還是貼身款呢？」

「貼身。」

「對顏色有什麼要求嗎？」

「沒有，普通的就行……」

兩人隨著店員一路向店內移動，最後在一面滿是格子的牆面停下腳步，「既然如此，先生可以考慮一下這幾款，都是店內的熱銷款。這幾款的用料相同，透氣性很好，你們可以摸摸看。」店員從中取出幾件款式大同小異的平口四角褲，邊說邊展示褔口的設計。

張肅良瞟了一眼，未經思索的評論已經躍出舌尖，「尺寸太小了。」

過於篤定的語氣幾乎等同於暴露兩人非同一般的關係，張肅良恨不得咬掉闖禍的舌頭，同時暗罵自己因為愜意的氛圍太過鬆懈。他既詫異又後悔，畢竟即使是和高彥騰交往的時候，從未也絕不會發生這種失誤。

「你們可以先挑款式，熱賣的款式店裡尺寸都很齊全，如果需要調貨也很方便。」

對上店員投來的揶揄目光，張肅良一方面慶幸對方的善意，一方面在名為自責的情緒中載浮載沉。

相對於流轉在張肅良和店員之間的暗潮洶湧，無端被出櫃的王斯閎似乎始終沒有察覺異狀，而是擰著眉頭十分認真地比較各款式的差異，「那這款好了。」

張肅良聞言哭笑不得地鬆了口氣，心頭雖說仍懷著愧疚，但至少有了開玩笑的心情。

「不多買幾件嗎？那款看起來似乎不錯？」湊到王斯閎身旁，張肅良對牆面右下角揚了揚下顎。

「這一款三角褲也很受歡迎，顏色鮮豔剪裁時尚，運動時也不會有拘束感。」店員適時地補上一句介紹。

「聽起來不錯，你覺得呢？」見王斯閎傻呵呵地點頭，張肅良大手一揮作主包下所有顏色，「那就拿這兩款，所有顏色都各拿一條，好嗎？」

張肅良走近又一次愣愣頷首的男人，故意如是問道：「不如順便拿幾件丁字怎麼樣？或是那種後空的設計，看起來也很不錯？」

「好……咦？不、這就不用了！」在王斯閎的堅持下，張肅良的玩笑沒能得逞，但拿出信用卡結帳的速度倒是大獲全勝。

於是兩人拎著豐厚的收穫，頂著濃黑的夜色前往下一站，抵達位在山頭的目的地時，現場已停有不少車輛。兩人找了一個合宜的位置把機車停妥，才剛站定，尚未來得及細看眼前燈火斑斕的景色，注意力倒被不遠處傳來的響動吸引。

規律的撞擊聲夾帶曖昧的吟哦，任誰都能看出劇烈搖晃的轎車內正上演何種好戲，張肅良嘴角揚起一抹瞭然的弧度，饒富興味地將目光轉向錯愕的王斯閎。

露天野外帶來隱祕又暴露的刺激感，漆黑夜色則帶來若有似無的安全感，因此熱門的夜景場所大多也是知名的車震場所，如今碰上了倒也不奇怪。

「肅良哥這裡好像有點多蚊子，還是我們……換個位置？」

「換位置有什麼差別嗎？這裡車那麼多，十臺裡面至少有五臺都在做一樣的事。」

「可是……」

張肅良被王斯閎的純情逗樂，不介意為其解惑，「你以為他們特地上山來做什麼？」

「不是看夜景嗎？我看網路上很多人推薦啊！」

「確實是看夜景啊，看完城市的夜景，接下來就是看另一種夜景了。」張肅良幾步向前，將無處可退的王斯閎逼得退坐在騎車上，傾身靠得極近，「本來我以為，某人也是懷著那種心思帶我來這裡呢。」

「我沒……不、我有……」

「有什麼？」

困獸尚且一鬥，被逼急的王斯閎突然揚聲，「我、我也是男人啊！對喜歡的人有欲望也是、是正常的吧？」

張肅良從鼻腔發出一聲輕笑，既不明言贊同也不表示反駁，只是噙著笑意直視男人。

「……可以親你嗎，肅良哥？」

手腕被攥住，張肅良察覺男人的掌心隱隱沁著溼意，在高高揚起的眉頭下，眸底滿是忐忑。

張肅良撫上男人眉心的糾結，不記得何時作答，但顯然是應了要求，因為王斯閎小心翼翼地伸手捧起自己的臉，一下、兩下試探性貼近的唇瓣輕觸即離，直到第三次，膽怯的舌尖方才鼓足勇氣叩關。

他微微張嘴，放任男人的舌頭長驅直入，配合王斯閎以自己親手教會的方式表達渴求。睽違多時的親吻並不長，比起傳達欲望，男人更似虔誠的殉道者，每一個動作每一個觸碰都滿是崇敬和傾慕。

赧然彷彿會傳染，張肅良兩頰發燙，卻沒阻止王斯閎將手指卡進指縫間然後牢牢交握。不知是由誰主動，無聲對視的兩人在夜色的庇護下悄悄交換第二個、第三個、第無數個吻，糾纏的唇齒間盡是說不明也道不清的情愫。

然而縱使良辰美景，終究有個時限。

「肅良哥我送你回家。」

「我自己有騎車。」

「可是我想和你再待久一點，不行嗎？」

對上一雙閃爍精光的瞳眸，張肅良舔了舔自己微腫的下唇，在心裡暗罵王斯閎招數老套，嘴上卻又不爭氣地鬆口讓步，「隨你開心。」

經過二十多分鐘的路程，兩輛機車在住宅區接連緩下車速。取下安全帽的張肅良對男人擺了擺手，「掰掰。」

「肅良哥再見。」

將機車牽進騎樓的停車格停妥，張肅良正準備回頭關門，就見熟悉的身影仍杵在原地一動也不動，「怎麼還不走？」

「我看你上樓再走。」

「這麼油嘴滑舌，看來沒少追人吧？」張肅良走近王斯闓，伸手捏住男人的下顎微抬，目光落在對方同樣因為過度使用而泛紅的唇瓣，語氣揶揄。

「沒有啦，我……」

「雖然人有點傻有點呆，但是勤能補拙，王先生應該交往過不少對象吧？」

心頭因為這番話猛地一抽，張肅良抿了抿唇，顧不上震驚於自己的想法，只能忙著壓下湧上胸口的酸意。

他清楚王斯闓不可能沒有情史，更何況自己過去四處遊戲人間，確實沒有翻對方舊帳的本錢。再說兩人目前什麼關係都不是，張肅良憑什麼端著高姿態要求？

「不逗你了，晚安。」

張肅良不再多說，拍了拍男人的機車龍頭算是道別。這一次走進公寓的腳步沒再回頭。

「你說你們不只吃飯，還出去約會好幾次，但是都沒打炮？」

張肅良不過是在通訊軟體的群組不經意露了少許口風，洪非凡便如同嗅著血腥味的鯊魚，一路追到單獨的對話框。

他拗不過追問，索性如實交代。即使已刻意隱匿流轉在兩人之間的曖昧，敏感如洪非凡依舊察覺不對。

「其實也不是約會……」

「不是約會？那你說是什麼？別跟我說是什麼打炮前的鋪陳，你自己信嗎？」

見手機畫面被數個面露鄙夷的貼圖洗版，張肅良忍不住笑出聲，手上不忘打字辯解，「他只是一起吃飯一起出去玩的朋友，和你們一樣。」

「一樣個屁！我們是純潔的友情，你會和我們打炮嗎？」即使只靠文字，也能清楚讀出洪非凡此時的激動。

「這不一樣啦。」

「哪裡不一樣？老子要臉有臉，嗚予要錢有錢，大白體貼賢惠，你這是瞧不起我們三個？」

「夠了夠了，對著你的臉我硬不起來。」

面對損友，張肅良向來直話直說，笑著回了一張意興闌珊的貼圖。

「你暈了吧？」

張肅良沉默地瞪著手機螢幕，下意識就要反駁，卻半晌沒有動作。

「說實話你是不是暈了？我就知道，之前聚會那麼不對勁一定有鬼。」

不敢去算自己遲疑了幾秒鐘，張肅良欲蓋彌彰地回了幾個表示否認的貼圖。

「算了，改天帶來給兄弟鑑賞鑑賞。」

「什麼鑑賞，他是人又不是什麼物品，而且我們不是那種關係……」

至少現在還不是。張肅良垂下眼睫，暗暗在心裡補上一句，對於握在手中的決定權沒來由地有些侷促。

「你就騙吧，看你能自欺欺人到什麼時候。」

看了螢幕一眼，剛洗完澡的張肅良皺了皺鼻頭，也不管頭髮未乾就倒在床上，試圖說服自己所言不假。

然而未待張肅良回應，洪非凡倒是先一步換了話題，「哎，聽說最近高彥騰不只被退婚還丟了工作，嘖嘖嘖，看來混得很慘啊。」

映入眼簾的訊息讓張肅良一愣，腦中同時浮現先前碰上高彥騰的插曲，蹙眉頓了半晌，方才伸手送出一張寫有已讀二字的貼圖。

「這麼冷淡？還以為你會大肆慶祝。」

「沒必要為這種人浪費力氣。」

如同那天在大馬路上的偶遇，張肅良曾以為自己會為高彥騰的挫敗感到痛快，只是當想像成真，心頭不只沒有絲毫雀躍，反倒升起一股不願與之扯上關係的煩躁。

他將手機隨手一扔，抱著枕頭翻過身，視線恰好對上擱在床頭的兔子玩偶。望著那對由鈕釦製成、反映燈光而顯得格外黑亮的雙眼，不知為何無處抒發的悶氣悄然被三天前的景象取代。

不論是笑得燦爛的王斯閎、被逗得臉紅的王斯閎、夾到玩偶而雀躍的王斯閎，又或是面露侷促將玩偶雙手奉上的王斯閎，湧上腦海的每一幕都栩栩如生，彷彿近在咫尺。

或許是因為如此，張肅良鬼使神差地撥通那組號碼。

鈴聲響了良久才接通，熟悉的男聲顯得粗聲粗氣，「肅良哥……」

「你還在外面？」今天王斯閎排休，因為另與朋友有約，兩人反常地沒有碰面。

「沒有。」

「噢，電話響了有點久，我以為你還沒回家。」張肅良邊說邊伸手拉了拉兔子玩偶的耳朵。

「聚餐而已，回家一陣子了、唔……」

聽到這裡，熟知情愛之事的張肅良豈會不知道自己打擾了什麼。男人別於以往的冷淡反應本就讓張肅良心生疑竇，加上略啞的聲線和不自然的喘息，一切都導向同一個答案。

「你在幹嘛？」

沒了急促的鼻息，回應張肅良的是數秒鐘的寂靜。

「以為不說話就沒事嗎，嗯？」

「我……我只是在運動……」

「哪種運動？」

「肅良哥你為什麼要問？為什麼想知道答案？」

王斯闊的話既是抱怨，也是撒嬌，還隱隱透出豁出一切的氣勢。壓抑的喘息即使經過電子設備的傳輸轉譯，依舊夾帶極為熾熱的高溫，燒得張肅良耳根通紅。

「幾天不見你倒是學會頂嘴了。」選擇性地忽略王斯闊的問題，張肅良狡猾地將球拋了回去，「你用素材了嗎？」

電話另一頭沉默許久，久到張肅良認為男人不會回答時，對方終於搭腔了，「用了。」

「用了什麼？」答案分明再清楚不過，張肅良卻說不清楚自己為何而問，但上下唇一碰，聲音已經躍出舌尖。

或許是欲望當頭，王斯闊的膽量似乎因衝動驟漲，「是你，可以嗎？肅良哥，我可以用你的照片打手槍嗎？」

喑啞的聲線震響耳膜，震得張肅良喉間發緊。王斯闊的坦誠令想像更加具體也更加真實，腦中的畫面由「王斯闊在自慰」，轉為「王斯闊利用自己的照片自慰」，這個認知讓張肅良左胸內的器官失速跳動。

遊戲人間數年，張肅良當然清楚被人渴求的滋味，卻從未如此時這般興奮。沒有視線接觸，沒有肌膚相親，也沒有氣息交融，僅憑聲音就讓張肅良加重呼吸。

他嚥了口唾沫，被誘發的情潮爭先恐後地由體內湧現，電流般飛快向周身流竄。

「肅良哥……我可以繼續嗎？」王斯閎這話看似問得禮貌而隱晦，藏於其中的意思卻孟浪得過火。

張肅良耳根與雙頰燒得燙紅，緊抿唇瓣，鼻腔發出一聲悶哼，算是應了徵詢。這也是他初次發現，允許某人將自己當作意淫對象帶來的羞恥感，遠遠超過真槍實彈地打一炮。

被男人越發急促的粗喘擾得心神不寧，張肅良猶豫半晌，終究不敵欲望悄然將手探向率先起反應的胯間。他不清楚王斯閎在結束通話時是否饜足，但男人清楚地知曉，即使自己的性器隨後達到高潮，體內的躁動依舊久久不歇。

於是張肅良懋著一股火輾轉反側，夜不成眠。

翌日精神大受影響的張肅良，頂著一臉憔悴走進辦公室。才剛在整個開放式空間的後方位置坐下，還未來得及喝上一口水，就聽見一名社工員如是說道：「督導，主任請你去找她。」

「怎麼了嗎？」

「不知道欸，她沒說。」

張肅良困惑地眨了眨眼，抬腿走向獨立隔間，同時尋思最近是否有什麼案件備受矚目。但辦公室空間畢竟有限，幾個跨步的時間終究沒能讓他得出結論。

「主任，您找我？是有什麼案——」

「肅良坐吧，找你來不是為了公事。」

皺起眉頭，張肅良更加不解，「那是私事？」

「兩天前我收到一封電子郵件，信裡什麼都沒寫，只是夾帶了幾張照片。」

張肅良接過一小疊紙張，垂眸看清圖像的瞬間，手不由得猛地使勁，在紙上頭留下明顯的皺痕。

映入眼簾的照片無一不以兩名男子為主角，其中一人是張肅良自己，另一人的面部雖說經過模糊處理，但由身形和穿衣風格來看明顯是王斯閎。清晰的畫面中兩名男子或牽手、或餵食彼此、或並肩而坐、或在黑暗中相擁接吻，談不上出格的動作卻透出無法否認的親暱。

「這、我……」

「不用解釋，這個時代崇尚自由戀愛，我對大家的感情生活都不會多加干涉，請你來只是想提醒一聲，也許你不小心惹到了什麼人？」

「謝謝主任。」張肅良從未隱藏自己的性向，但同樣不會大肆宣揚，有心人士刻意散播這種照片，目的再清楚不過。

思及此，張肅良沉下臉，清晰的嫌犯輪廓浮上腦海。高彥騰若真將丟掉工作和婚約的原因歸咎於自己，那男人不只有時間、有動機，更具備跟拍卻不讓人察覺的技術和設備。而現在的問題是如何證實猜測，揪出嫌犯後又該如何處理。

Chapter Seven

第七章

不等張肅良決定如何處理那些威脅意味濃厚的照片，夜班和中秋佳節倒先一步到來。接線中心的大伙吃著由上頭母公司分送的蛋黃酥和柚子，憂喜參半。

參照社福圈的慣例，案件量總在鄰近大節日時增加，這表示個案的經濟狀況、適逢節日的焦慮程度和壓力反應，與來電量有極大關係。

「我連給孩子買月餅的錢都沒有，看著他失望的表情我好難過，我覺得我好沒用，我是個失敗的爸爸……」

「我連下一餐的錢在哪裡都不知道，哪有錢幫那個賭鬼老公還債！那些人天天都來，今天潑漆、明天砸玻璃，是想逼我和小孩去死嗎？我乾脆去死一死吧！」

整個晚上，話機不斷閃爍的燈光似乎從未停歇。即使已特意安排較多人力，一夜下來張肅良依舊幫忙分擔了不少電話。

直到鄰近六點，窗外的天色被微亮的魚肚白取代，密集的來電方才稍稍趨緩。張肅良總算得以喘口氣，站在飲水機前伸手捏了捏眉心。

垂眸望著水杯內逐漸高漲的水位，或許是因為滿腦子都是如何拒絕母親昨日又一次提及的聚會邀約，張肅良沒來由地憶及尼古丁的氣味。他咂了咂嘴，猶在尋思是否該抽根菸過過乾癮，思緒反倒先被由遠而近的對話聲打斷。

「太可怕了看起來好嚴重哦，那些消防員還這麼年輕……大好的青春年華就這樣……」

「我有看到另一則新聞，說消防員會誤判都是因為那些只想賺錢的黑心商人用民宅當作幌子，他們真的很惡劣，非法製造爆竹賺大錢，附近的居民完全沒有保障！」

「哎妳看，火災地點好像離我們很近哎。」

「真的假的？」

「我剛剛看照片覺得很眼熟，妳看這個是不是就在動物園那邊，附近有很多老舊的透天厝？」

動物園、火警、消防員等關鍵字輕易網羅張肅良的注意力，忙著偷聽同事對話的男人全然忽略手上的動作，直到一聲驚呼響起，「哎督導你的水！」

「什麼？」張肅良猛地回過頭，在賴宥伶的示意下慌忙關閉飲水機連續出水的功能。

「妳們剛才說動物園那邊發生火警嗎？」顧不上清理漫了一地的水，張肅良連聲追問。

「對啊，新聞都在報。」

「什麼時候的事？」

「好像是凌晨四點多，不過各家媒體的說法有些不一樣。」

張肅良雖無法一字不漏地背誦王斯閎負責的轄區，但列出概略範圍倒是不成問題，然而此時他卻無比希望自己的印象出錯。

「那些消防員怎麼了？」

「除了本來受困火場的人，去搶救的消防員也有傷亡，好可怕……你看。」

賴宥伶流露出感傷的答案猶如劃破天空的響雷，震得張肅良倒抽一口氣，只能機械式地接過手機。

「**驚傳地下爆竹工廠爆炸，造成六死七傷，兩名消防員殉職**」，聳動的頭條標題在張肅良低頭查看的瞬間映入眼簾。

再往下是數張照片，畫面中如墨的夜色被濃濃黑煙遮蔽，熊熊燃燒的火光透出觸目驚心的通紅。相對被火舌吞噬的四樓透天厝，前來灌救的水車顯得格外渺小。據稱火場內發生數次爆炸，不只波及鄰近住戶，趕赴現場的消防員亦有兩人因而葬身火海。

沒能找到比姓氏更為詳細的傷亡名單，張肅良死死盯著螢幕上刺眼的「王」字，越是看，越是覺得天旋地轉。王是常見的姓氏，不會這麼巧……只是剛好而已……

「督導、督導你還好嗎？你的臉色很難看。」

女聲彷彿憑空落下的浮板，將幾乎溺斃於思緒的張肅良拉回現實。他動作僵硬地看向一地狼藉，再看向跟前的兩人，「沒、沒事……抱歉我突然想起一件急事，妳們方便幫我收拾嗎？或是我等等再……」

「沒關係我們可以處理，但是督導你真的沒事嗎？」

擺手拒絕同事的關切，張肅良一邊向外走一邊連忙撥通那組逐漸熟悉的號碼。聽著鈴聲一聲接一聲響，他的期待沉到谷底，心頭的擔憂在電話被轉入語音信箱時驟然攀升一個層級。

除了傳訊息，張肅良又接連撥了兩通電話，始終相同的結果讓本就坐立不安的男人越發焦慮。

消防員是要求極高專注力的工作，每當出任務時王斯閎總是難以聯繫。張肅良不是沒想過男人只是一如往常尚未得閒回覆，然而坐在位置上苦撐半個小時，他始終沒能靜下心工作，索性臨時告假。

張肅良出了辦公室坐在機車上，瞪著杳無音信的手機好半晌，最後一咬牙，將無預警查勤太過唐突的躊躇拋諸腦後，驅車直奔王斯閎任職的消防分隊。心急如焚，油門催得極凶的他很快便抵達目的地。

初次造訪也不知是否心理因素，張肅良總覺得偌大的空間顯得十分冷清，唯一一名坐在值班臺的男人則正在通話中。在兩人對上視線的瞬間，男人抬了抬手示意稍等。

張肅良沒有放過這點空檔，一邊焦躁地以手指敲擊桌面，一邊操作手機重撥王斯閎的號碼。依舊相同的結果令他忍不住出聲咒罵，「該死！接電話啊！為什麼不接……」

「請問有什麼事嗎？」終於得空的男人出聲。

「您好，抱歉打擾，請問王先生在嗎？我是他朋友，有點急事想找他。」

「王先生？請問您找哪位王先生？」

「王斯——」

張肅良話還沒說完就被手機傳來的震動打斷，下意識瞥了一眼螢幕，出現在畫面上的名字讓他先是一愣。連忙眨了眨眼，確認並無錯認才放鬆下來，感到欣喜若狂的同時，不悅和氣惱隨之湧上心頭，「王斯閎你為什麼不接電話？你現在——」

怎料沒有出現預期中的道歉，取而代之的是另一道陌生的女聲，「先生，我這邊是杏安醫院，你似乎一直來電，請問你認識這隻電話的主人嗎？」

「妳、妳說……醫院？他怎麼了嗎？」

女聲變得越來越遠，張肅良彷彿在大冬天落入水池，一身溼透的衣物沒了禦寒作用，只能迎著刺骨的寒風直打顫，險些連手機都拿不穩。

氣溫在中秋過後便驟然降低，冬日悄然到來。那是一個天色陰鬱的午後，毛毛細雨中式微的太陽避不見面，灰濛濛的雲層壓得極低，看上去極具壓迫感。

公開弔唁的時間還沒到，連日失眠的張肅良早早來到設置於殯儀館的簡易靈堂。清楚兩人的關係上不了檯面，張肅良並未貿然上前，而是在幾步距離外停下。

只見並排置於靈堂前方的照片有兩張，左側那人張肅良並不認識，右側的男人卻再熟悉不過，那是王斯閎，穿著筆挺的紅色制服，對鏡頭笑得沒心沒肺。

相對於王斯閎彷彿竊取陽光的燦爛笑容，坐在一旁的家屬哭得肝腸寸斷。張肅良遠遠地望著，只覺得酸澀由鼻腔湧上眼眶，仰頭眨了眨眼，然而情緒堆疊的速度卻遠超乎預期。

張肅良不願兩人的最後一面如此狼狽，吸了吸鼻腔內過多的水分，趕在淚水滑落前伸手抹去阻礙視線的生理液體。就在他匆匆走出室外的瞬間，夾帶塵沙的寒風迎面拂來，似乎為男人泛紅的眼角帶來合理的藉口。

「肅良、肅良哥……」

突如其來的呼喚讓張肅良猛地回過頭，與此同時入目所及的視界毫無預警地暗了下來，將錯愕的男人籠罩其中。微弱的熟悉聲線彷彿無形的牽引，拉著張肅良追著光源方向一路奔跑，直到陷入一團溫暖的光暈。

驚醒的男人連忙抬起頭，瞪大眼張望著試圖尋找聲源。

人們總說夢境中不會感到疼痛，然而方才的場景太過真實，即使張肅良隱約能夠察覺並非處於現實，那股撕心裂肺的痛苦此時回想起來仍餘悸猶存。

「肅良哥……你怎麼在這裡？」

張肅良沒搭腔，只是定定盯著近在咫尺的男人看了良久，既像是在辨別真偽，亦像是要將眼前的畫面牢牢刻進心頭。

「肅良哥？」

又一次聽見叫喚，張肅良展臂擁住渾身狼狽的男人，初次發現透過接觸傳來的溫度竟如此讓人心安。

即使已經替王斯閎換過衣物，未經梳洗的男人身上依舊殘留濃濃的燒焦味。嗅著那股由火場帶出的刺鼻氣味，煙霧瀰漫的景象隨即浮上腦海，不僅具體得讓張肅良膽戰心驚，也真實得讓他感到心疼。

只要一閉上眼，張肅良便會憶起王斯閎滿布全身的纍纍傷痕，最是醒目的當然非纏在腦袋上的繃帶莫屬，而後是打著石膏的左手臂，以及隱藏在衣物之下或大或小的燙傷和挫傷。入眼的大片紅腫，可想而知會在隔日轉為青一塊紫一塊的清晰瘀痕，看上去就像喪失生機的殘破娃娃。

猶記早些時候，張肅良坐在病床邊望著王斯閎過分蒼白的睡顏，忍不住一次又一次伸手探向男人鼻下，直到確認呼息方才安心。王斯閎的胸膛隨吐納規律起伏，他自知這般舉動有些多餘，卻按捺不了時不時浮現的忐忑。

「嘶……肅良哥你還好吧？」

聽聞抽氣聲張肅良連忙鬆開手，同時按響床頭的呼叫鈴，眉頭始終緊蹙，「這句話該是我問你，你昏迷了好幾個小時，現在感覺如何？」

「我？很好啊。」

王斯閎雲淡風輕的反應讓張肅良一股怒氣湧上來，「都腦震盪和骨折了還好！」

「雖然有受傷，但感覺都不嚴重，應該很快就會恢復，只是……」

只見王斯閎傻呵呵地搔了搔頭，張肅良正欲開口說教，便被無預警落在掌心的熱意燙得猛一陣顫。張肅良一抬頭就對上男人籠罩水氣的瞳眸，眼睜睜目睹晶亮的液體爭先恐後地湧出眼眶。

「咦？」王斯閎顯然也察覺自己不對勁，垂眸望向落在淺青色被單上的斑斑水痕，一臉困惑。

張肅良見狀鼻頭一酸，再次擁住王斯閎，「別忍著，哭出來會好一點。」

「可是阿凱和雄哥他們、他們再也回不來了，他們嗚嗚嗚……」

「聽著，這不是你的錯。」聽聞彷彿負傷野獸的低鳴，張肅良一邊說一邊將男人摟得更緊。

「如果我、我可以更快更努力一點，他們就不會……如果我可以早一點發現那不是民宅，拉二十的水帶換口徑比較大的瞄子，火也不會燒得那麼快……如果我的力氣再大一點，雄哥也不會……」

「有錯的不是你，也不是你的同事，而是那個躲在民宅裡製造爆竹的商人。王斯閎，你做的很好，你已經很棒了。」

張肅良語氣溫柔，低頭在王斯閎頭頂落下雨點般的碎吻，面上卻是一臉冷峻。

在王斯閎昏迷的這段時間，各家媒體已妥善發揮其見縫插針的專業本能，趕在官方正式說明前便完整摸透來龍去脈。整起事件並不複雜，不肖商人為了應付中秋和國慶增加的訂單，要求員工徹夜加班趕製，恐怕是疲勞誤事方才釀成大禍。

由於廠內存放近百箱火藥，火場內發生數次爆炸，蔓延的火勢直到早上八點四十二分才完全撲滅。現場調動八臺消防車及十七臺救護車前往搶救，逐漸攀升的傷亡人數到十點左右才清點完畢。

到院前死亡的除了兩名消防員以外，尚有四名來不及逃出火場的工廠員工，三人為外國籍，一人為本國籍。被波及的民眾加上消防員，分別受輕重傷的傷者多達十五人，陸續被分送至鄰近火場的醫院，而杏安醫院就是其中之一。

見安撫無效，張肅良索性另起話題，「我打聽過了，你有另一個同事也被送來這裡。」

「誰？」果不其然，張肅良的計策立即奏效，王斯閎眼角噙著淚光猛地抬頭。

「似乎姓李，很年輕。」

「李？李宇丞嗎？我可以見他嗎？」

對上一汪氤氳著水霧的瞳眸，張肅良抿了抿唇，頓時理解古代君王為搏君一笑不計一切後果的衝動。幸而在他做出超乎自己能力範圍的承諾前，醫生前來不識相地打斷兩人的對話，「不管你想做什麼，都得等檢查結束。」

初步檢查花費的時間並不長，從醫生口中確認王斯閎暫且沒有大礙，張肅良總算鬆了一口氣，被緊張壓抑的飢餓感隨即湧現，「差不多要八點了，你餓了嗎？」

「不會，點滴裡應該有葡萄糖。」

「那我去買晚餐，順便帶點東西回來放著，免得你晚點餓。」

「肅良哥別忙了，你看我也沒什麼事，你還是先回家休息吧，等等還要上班。」

直勾勾望進男人流露出不捨情緒的黑眸，張肅良不禁莞爾，「我請假了。」

「咦？可是……」

「放你一個人在醫院我不放心，就算去上班也沒辦法專心。」眼睜睜望著王斯閎親自演示何為喜形於色，張肅良忍不住伸手揉上男人的腦袋，「乖乖待著，我很快就回來，不舒服就按鈴，別忍著。」

如同剛才所言，失而復得的張肅良確實不願離王斯閎太遠。他匆匆買了一些盥洗用品、衛生紙等必要的日常用品，約莫半個小時後便返回病房，一進門恰好撞見拎著點滴正欲下床的男人。

「肅良哥你怎麼回來了！那個、我……想上廁所……」

張肅良被王斯閎參雜驚慌和心虛的表情氣笑了，怎會不理解對方的意圖，「是怕我回來後拿尿壺給你用嗎？」

「肅良哥……」

在王斯閎的討饒聲中，張肅良接過男人手上的點滴，佯裝沒有瞧見對方通紅的兩頰催促道：「走吧，不是要去廁所嗎？」

病房內空間有限，王斯閎一步一頓消極地抵抗，但就算走得再慢也有到頭的時候。

「肅良哥，我可以自己來。」

「是嗎？」跟著踏進病房附設的洗手間，張肅良隨口應聲，將洗手間的拉門扣上，回頭就把點滴塞進男人唯一能夠自由活動的手中，「那你拿好，請自便。」

張肅良退到一旁，定定望向王斯閎手忙腳亂地在洗手間內尋覓暫放點滴的處所，卻因不得其法幾番碰壁，最後可憐兮兮地回頭求救。

四目相對好半晌，張肅良擺足了架子，確定略施懲戒的目的已經達到才發話，「需要幫忙嗎？」

「肅良哥能幫我拿著點滴嗎？」

「不行。」

毫不遲疑的拒絕顯然超乎王斯閎的想像，男人瞪大眼一臉不可置信。

「拿好了。」張肅良沒有多做解釋，只是由後環摟身形較自己高壯的王斯閎，招呼也不打一聲便伸手扯下男人寬鬆病人服的下著。

「肅良哥！」

「不脫褲子怎麼上廁所？」說著，張肅良熟門熟路地由底褲側邊的開口取出蟄伏其中的性器，虛握在掌心輕捏了捏，將頂端對準馬桶，「尿吧。」

察覺王斯閎不自在地扭動，張肅良故意對男人敏感的耳廓呵氣，「別硬了，硬了怎麼排尿？」

「那你別這樣摸。」

「需要我幫你吹口哨嗎？」

也不等王斯閎回應，張肅良便聚攏嘴唇發出如同為孩子把尿似的哨音。下一秒張肅良只覺得手中的物事微微一震，淅瀝瀝的響動蓋過哨音，在偌大的洗手間內顯得格外清晰，而聲音製造者則是連後頸耳根都燒得燙紅。

依照自己的習慣在結束排尿後甩了甩性器，張肅良替男人穿妥褲子，按下沖水把手同時出聲，「生氣了嗎？」

「沒有。」

聽聞男人賭氣的咕噥，垂眸洗手的張肅良頭也沒抬，「知道我為什麼這麼做嗎？」

「你生氣了，你不喜歡我自己下床走動……」

「我希望你安全，你可以自己來，但至少要有人在旁邊看著。上廁所記得叫我，我可以幫你借點滴架。」瞧見鬆了一口氣的王斯閎綻開笑顏，張肅良揚了揚眉調侃道：「還是你想要我幫你？和剛才一樣用手。」

「沒、沒有！」

「看來是我伺候得不夠好？」

「已經太好了，所以才……」

「才什麼？」

「肅良哥總是很壞心眼。」

張肅良聞言忍不住低笑出聲，「後悔認識我了嗎？」

「才不會後悔……」

挪回病床上安頓好後，兩人你一句我一句閒聊了好半晌，看出王斯閎疲態的張肅良以收拾餐盒為由打斷話題。待到收拾妥當一回頭，就見男人依舊維持方才的姿勢，但已然酣然入睡。

輕手輕腳地為王斯閎調整病床高度，掩好被單，沒有倦意的張肅良靠坐在陪護床邊愣愣盯著男人出神。他為這些消防員的遭遇感到憤怒，但也自私地為這個結果感到慶幸。王斯閎受了一些傷，但依舊好手好腳地活著，相較於殉職和目前尚未脫險的消防員，的確幸運得多。

王斯閎彷彿不燙手的暖陽，張肅良清楚自己早已受其吸引，但距離真正跨過陳年舊檻猶需一些時日。然而這場意外殘酷而直白地讓張肅良理解，再多的糾結和煩惱，在死亡面前都渺小如塵埃，與其膽怯地躊躇不前，不如勇敢珍惜當下。

也因為如此，張肅良的壞心眼較平日來得更加肆無忌憚，畢竟唯有足夠親近的對象，才膽敢展現面具下的真實。

發生憾事後第二天，不少媒體咬著消防員殉職一事不放。輿論分成正反兩派，一方主張不肖商人需為所有人員傷亡和財產損失負全責，而另一方則直批現場指揮官判斷錯誤，導致消防員無辜喪命。

相對那些風風雨雨，張肅良掛心的只有病房內的王斯閎。雖說昨日斷層掃描的結果很樂觀，王斯閎也因此拒絕張肅良夜間陪護，但男人左手打著石膏畢竟不方便，張肅良下班後洗過澡，打了個盹便匆匆趕至醫院。

途經醫院大門時，張肅良被手持攝影機和麥克風的群聚人潮吸引了目光，依循本能望去，卻意外在其中瞧見一張熟面孔。那是高彥騰，看上去應是找到下一個工作了，同樣是以探究他人隱私為生的老本行。

被自己隨手扔進抽屜的照片浮上腦海，暫時無心處理這般瑣事的張肅良厭惡地蹙起眉頭，快步轉向醫院的側門入口。

張肅良熟門熟路地搭乘電梯直上九樓，在走進病房前，特意在護理站停下腳步。不枉費他又是水果又是蛋糕地搏感情，總算輾轉打探到另一名消防員的情況。

當日直接由火場送進手術室的李宇丞在重症病房躺了兩天，超標的數值在捱過危險期後總算穩定下來，後續狀況尚需追蹤，但青年年紀輕、身體狀況極佳，術後恢復十分良好。

好消息讓張肅良鬆了一口氣，一邊尋思王斯闓會何其開心，一邊踩著雀躍的步伐走向位於長廊末端的病房，直到被佇立在出入口講電話的中年男子擋住去路。

「先生不好意思，借過一下。」

「還沒，我等等就回去了。」

兩人對視片刻，通話中的男人沒有任何表示，只是淡然收回目光小幅度地側身讓道。

另一頭不知說了些什麼，只見男人搔了搔腦袋，無奈的語氣透著些許厭煩，「好啦好啦不要念了，妳以為我願意嗎？我催一下媽，馬上就回去了……」

沒對男人不算禮貌的態度多加留心，張肅良重新堆起笑，向最靠窗的病床揚了揚手中的塑膠袋，「餓了吧，抱歉今天晚了一點，午餐吃粥好嗎……咦？」

王斯闓病床邊理應空無一人的位置，被一抹陌生的身影取代，預期外的景象讓張肅良腳下一頓，笑意僵在嘴角，「抱歉打擾了，你們聊。」

「肅良哥，剛好說到你呢。」見王斯闓連連朝自己招手，本想轉身離開的張肅良猶豫半晌，終是對陌生的老婦人尷尬地笑了笑，走近病床。

「阿婆，這是肅良哥，他很照顧我，您看他還幫我帶午餐。」張肅良感覺到男人拉著自己的手晃了晃，頗有撒嬌的意味，「肅良哥，這是最疼我的阿婆。」

「阿婆您好。」

有了理由落下視線，張肅良此時才看清對方。八十多歲的老婦人身形微胖，頂著一頭灰白鬈髮的面貌溫和，沙啞的嗓音透出特有的腔調，「細阿哥仔生得恁靚（小伙子長得真帥），你姓什麼啊？你們是同事嗎？」

「我姓張，叫肅良。我不是消防員，是社工。」

面對各種個案是社工必備的技能，但張肅良在接線中心一待就是八年，實務技巧早已忘卻大半，更何況如今面對的是曖昧對象的家人，難免有些忐忑。

「社工？」

「我的工作是透過電話即時評估來電者的情形，依照對方面臨的困難提供幫助，風險比較高的個案就會請警察那邊幫忙。」察覺對方臉上的困惑，張肅良盡可能簡化專業用語，試圖向老婦人解釋自己的工作內容，「對於有需要的個案而言，我們像是守門人，希望透過即時的幫助阻止憾事發生。」

「聽起來真有愛心，難怪願意來照顧阿閎。」

社福圈共同的地雷被人精準地踩上，但實在不好因為對方沒有惡意的說法生氣，張肅良連忙扯開話題，「沒有啦，朋友之間互相幫助，昨天斯閎的同事也有來啊。」

「對啊，阿婆您看，那些水果就是同事帶來的。」

「是喔，蘋果很營養哎，阿閎你有拿來吃嗎？」

「阿婆我有吃啦，不用削！」見老婦人從塑膠袋內挑了顆飽滿的蘋果，正捧著碗喝湯的王斯閎連忙出言制止，「我現在比較想喝阿婆燉的湯。」

三人你一句我一句地閒聊，氣氛算不上活絡倒也不至於冷場，直到與張肅良有一面之緣的中年男子板著一張臉走近病床。

「媽，時間差不多我們要回去了，我還要載芊芊出門，要來不及了。」

張肅良聞言，赫然驚覺對方也是王斯閎的親人，由方才的電話內容不難判斷男人顯然不怎麼情願前來探病。

他不合時宜地憶起王斯閎曾經提及的家人只有阿婆，沒有父母，依照常理判斷，不是與父母關係不佳，便是已經離異或去世。所以男人是王斯閎的父親嗎？

張肅良曾以為自己見過無數破碎案家已然心硬如磐石，但事實卻是，此時的猜測都還未證實，心尖便一抽一抽地疼，幾乎是毫不理智地將年近六十的男人視為假想敵。

「阿閎，阿婆同若叔先轉去，愛食飯愛歇睏，湯要記得食（阿閎，那阿婆先和你叔叔回去了，好好吃飯好好養傷，湯要記得喝）。」

「您別擔心，我會照顧自己，阿婆、叔叔再見。」

「唉若手打石膏愛仰結煞正好……（唉你的手打著石膏是要怎麼辦……）」

「我還有另一隻手啊，阿婆別擔心啦，您平常煮東西要小心用火喔。」

聽聞一旁祖孫二人依依不捨地話別，張肅良抬眸望向一旁身分被揭曉的男子，主動搭話，「王先生您真有心，百忙之中還抽空帶阿婆來看斯閎，才來沒多久、話都沒說幾句就趕著要走，真是辛苦了。」

張肅良話裡明捧暗諷，意指對方實際上並不願走這一趟，即使來了也不樂意久留。男人究竟是否聽出譏誚他不敢肯定，但至少出了一口惡氣，心頭確實因此舒坦不少。

與此同時，另一頭祖孫倆也說完了話。目送老婦人在男人攙扶下離開病房，張肅良不是沒有察覺王斯閎眼底的失落，在思考前提問已經躍出舌尖，「你父母——」

「他們已經不在了，我是阿公阿婆養大的，阿婆她很疼我。」

「那你叔叔——」

「他們也很好。可能是因為我沒有爸媽，所以阿婆特別疼我，從小到大我給叔叔他們帶來不少麻煩……」

即使並未言明，張肅良也不難分辨王斯閎提及兩者的情緒有所落差。男人對於前者的依賴和喜愛表露無遺，至於後者，王斯閎的態度雖不至於作偽，卻明顯參雜了許多複雜的情緒。

「他們？」

「我有一個叔叔兩個姑姑。」

意識到似乎問得太多，張肅良伸手取過男人手中的空碗，主動變換話題，「好了，來吃飯吧。還要喝湯嗎？還是要先吃粥？」

「肅良哥煮的嗎？」

「你還真看得起我，是昨天聽護理師推薦在附近買的。來、等等吃完可以再喝一碗鱸魚湯。」將溫度適宜的海鮮粥放在王斯閎的病床桌上，張肅良從保溫罐內舀出一塊魚肉，隨後在一旁的陪護床坐下，一邊垂眸挑刺一邊問道：「對了，你想洗澡嗎？」

「想啊，不過醫生說石膏不能碰水。」

「等等我幫你擦澡吧？」

「咳、咳咳……擦澡？」

張肅良起身幫嗆到的王斯閎拍了拍背，「還是說你想用水沖澡？那我去問問護理師。」

「等、等等！擦澡就好了，我可以自己來。」

「你只用一隻手不方便吧？」在王斯閎頸根瞧見一抹不自然的緋紅，張肅良頓時瞭然。眼角爬上笑意，湊近男人耳邊刻意壓低聲量，「現在才害羞太遲了吧，你全身上下我哪裡沒看過？」

「那、那不一樣……」

「哪裡不一樣？少了燈光和氣氛，還是你需要培養情緒？」指尖由喉結開始，沿著男人的頸線一路向下，張肅良沒給王斯閎回答的機會，拋出餌食，「這次我幫你洗，下次換你幫我洗，如何？」

見王斯閎一臉掙扎地頷首，張肅良笑得愉快，一是為了拐騙得逞，二是為了成功轉移男人的注意力。

張肅良並非對王斯閎的家庭狀況不感興趣，但比起刻意刺探，他更樂意男人經過判斷後主動告知。然而不等盼來王斯閎的分享，張肅良反倒在幾天後撞見意料之外的場景。聽聞病房內傳出越發揚高的音量，張肅良杵在門邊進也不是退也不是。

「汝一定愛佬仔講話？（妳講話一定要那麼難聽嗎）」蒼老的女聲似曾相識。

「媽我說得哪裡不對？阿閎人都那麼大了，您以為他還小嗎？您這麼偏心，哥哥嫂嫂死了您幫他們顧小孩就算了，還要我們幫他做這做那，他現在都幾歲了夠了吧？」

從張肅良的角度，隱約可以瞧見一名打扮入時的中年女性，雙手環胸語氣尖銳，「他都快三十歲了，難道您能照顧他到老嗎？」

「汝摎偓管，佢係偓孫子，偓歡喜照顧佢！（妳管我！他是我孫子，我樂意照顧他！）」這話顯然惹怒了老婦人，揚高的語氣因而加快。

「照顧？阿閎看起來根本就沒怎樣，有什麼好照顧的？我公司忙得要死，這麼遠回去載您上來就為了給您孫子送雞湯，我忙得要死要活連雞骨頭都沒看到！」

「汝講係麼个？汝係愛佢死才歡喜嗎？（妳講那什麼話？妳是要他死才高興嗎？）」

「媽，您講話一定要這麼難聽嗎？」

「汝——」

張肅良沒有客家血統，雖無法完全理解兩人中客交雜的爭執內容，但憤怒的表現卻不分語言，伴隨越發緊繃的情勢，腦海中原先便若有似無地浮現王斯閎為難的模樣，此時索性完全占據思緒。

無暇深思自己的舉動是否合宜，張肅良深吸一口氣，硬著頭皮踏進病房，搶在眾人反應過來之前泰然自若地打招呼，「嗨，阿婆好，阿姨好。」

「肅良哥……」率先反應過來的是王斯閎，低聲的呼喚彷彿求救。

「是小張啊，來看阿閎嗎？」

或許是因為顧及形象，保養得宜的中年女性瞟了張肅良一眼，便蹬著高跟鞋逕自向外走，「我要回去了，公司還有事。」

「呃、我打擾你們了嗎？」張肅良見狀，討好地咧嘴向老婦人綻開最是燦爛的笑容。

「不用理那個夭壽嫲。」只聽老婦人低罵了一聲，拍了拍床緣，叮囑王斯閎好好休養，「阿婆來轉了，雞湯記得食（阿婆要回去了，雞湯記得吃）。」

「好，阿婆再見，我再打電話給您。姑姑說得也沒錯，我可以照顧自己，醫院這麼遠，阿婆您走路又不方便不用常常來。我再幾天就出院，就可以換我回去看您了。」

視線掠過面露擔憂的王斯闓，張肅良隨手擱下手中的東西，三兩步追上老婦人略顯蹣跚的背影，「阿婆我送您出去。」

「小張啊，謝謝你來照顧我家阿闓，人老了不中用了，什麼事都得靠別人，連看自己孫子都要看人臉色。」似乎是想起方才的爭執，老婦人不悅地發出一聲冷笑。

「阿婆不要太擔心，醫生說斯闓傷得不重而且恢復得很好，很快就要出院了。」

「多虧有你。」

「沒什麼，我只是做我能做的。」

「阿闓爸媽走得早，什麼都得靠自己，我再疼他也沒幾年了。阿闓傻乎乎的，在外面也不知道吃了多少虧。他不記恨但懂得感恩，如果誰對他好總是牢牢記在心上加倍報答。之前我聽阿闓提起你好幾次了，小張，謝謝你。」

認識王斯闓已經好些日子，男人的個性張肅良自是摸得八分透徹，如今和老婦人的話一比對，倒是證實了張肅良的猜測。

只是炮友的男人就這麼沒頭沒尾地對自己上心，張肅良當然有所存疑，但越是熟悉王斯閎，便越是了解真有人會因為一點不足掛齒的小恩惠，輕易把信任和真心交付出去。

「應該的。」張肅良反手握住老婦人滿是皺紋的手，直勾勾望進對方顯出年紀但依舊清明的瞳眸，如是承諾，「我無法保證斯閎不受委屈，但我會一直做他的後盾。」

不論是為回應那義無反顧的執拗，還是為守住那傻兮兮的笑靨。

Chapter Eight

第八章

恋は傷つくもの

Koi Wa Kizutsuku Mono

這裡是暖爐一般熾熱的火場，入目所及全是灰濛濛的景象，王斯閎下意識眨了眨眼，視線依舊不甚清晰。裝備再厚重也擋不住高溫，負重超過四十公斤的王斯閎背著空氣呼吸器，早已全身溼透，如影隨形的濃煙雖是消防員的日常，卻怎麼樣也無法習慣。

「有人嗎？裡面有人嗎？」

王斯閎和李宇丞由隊上資歷最長的王振雄帶隊，一行三人在屋內摸索著前進，一邊揚聲高喊。

選擇進入火場是因為據報有人未能及時逃出，眼見已經逐漸靠近推測的受困者所在位置，然而回應幾人的不是預期中的呼救，而是驚天巨響。

爆炸帶來的衝擊將王斯閎震得踉蹌，本就視線極差的空間因為揚起的煙塵幾乎伸手不見五指，搜救越發困難。

「那聲音聽起來不像是瓦斯。」率先出聲的是王振雄。

「這裡真的是住宅嗎？感覺——」猶記方才途經的空間不論配置或擺設都有別於一般住家，心生疑竇的王斯閎話還沒說完，就聽見李宇丞發出驚呼，「這裡、這裡有人！還有呼吸，但昏過去了。」

王斯閎循聲而去，幫著李宇丞將已經套上共生面罩的男人架在背上，便聽到另一聲巨響伴隨劈哩啪啦的怪聲響起。

「那是鞭炮嗎？」

「這裡果然不是住家！是炮竹工廠！這種瞄子水壓不夠，我們要退出去！」火勢蔓延得很快，此時灌救早已沒有多少作用，加上推測被證實，王斯閎如是大吼。

然而告誡還來不及起作用，就見被火舌吞噬的鐵櫃再也承載不住重量，放在上頭的各種雜物山崩似地全垮了下來。

王斯閎本能地就地一滾，但閃避不及的李宇丞和背上的傷員恰好被壓得正著。

「阿弟仔！」他驚呼出聲，匆匆上前將爬上兩人的火苗拍熄。

「先把東西抬起來，阿弟仔你能動嗎？」

「可以，不過我的腿有點無法使力……」

「沒事，先把東西抬起來，阿閎你從那邊用力。」相對王斯閎的驚慌，王振雄指揮的聲音顯得冷靜許多，「快！一二三，一二三！」

兩人由上方抬，一人由下方推，三人齊心使力歷經一番掙扎，雙腿被重物壓傷的李宇丞總算先一步脫困，緊接著是另一名身形相對乾瘦的男性。

「快、火越來越大了！先出去！」王斯閎動作俐落地將昏迷的男人打橫扛上肩頭，走在前面為身後攙扶李宇丞的王振雄開路。

這是一棟四層樓的透天厝，由火勢和濃煙竄出的情況判斷，起火點應是在三樓。如今一個多小時過去，拜屋內為數眾多的易燃物所賜，蔓延到二樓的大火幾乎吞噬整棟建築物。

一行四人避過重重障礙物狼狽地向下逃竄，然後「轟」的一聲巨響，夾帶火舌的強烈氣流將猝不及防的眾人猛力推下樓梯。

這一回的爆炸規模顯然較先前大了不少，整棟建築物都為之撼動，王斯閎眼睜睜目睹裂痕以肉眼可見的速度在牆面爬竄。幾乎是同時間，天花板的輕鋼架連帶燈具和循環扇摧枯拉朽地相繼塌陷。

一切都發生在眨眼之間，待王斯閎忍著後腦勺的悶痛，掙扎著由雜物堆中爬起身，這才驚愕地發現混亂之際，王振雄和李宇丞被倒下的梁柱壓得正著，「雄哥！阿弟仔！」

「你先、先想辦法把阿弟仔拉出去咳……」

王斯閎當然注意到王振雄不穩的呼吸和時不時湧出嘴角的血液，卻不點破，「一二三！一二三！不行、我的力氣不夠……」

咬緊牙根用力過度的王斯閎險些站不穩，跌跌撞撞走向李宇丞，連連拍打青年的臉，「阿弟仔醒醒，醒醒……幫我，用點力，我把你拉出來！」

確認李宇丞懵然的意識被喚醒，他連忙重新吆喝著報數，「一、二，用力！」

所幸壓住李宇丞的只是梁柱末端，在王斯閎利用散落一旁的雜物作為槓桿，配合著節奏使勁後，終於成功讓幾乎再次失去意識的青年脫困。

王斯閎重重呼出一口濁氣，晃了晃發昏的腦袋，試圖忽略已經幾乎燒到腳邊的火勢，故作輕鬆地向不斷嘔出鮮血的王振雄揚起嘴角，「雄哥，再來只要把你弄出來，我們就可以離開這個鬼地方了」

「來不及了，你先把他們帶出去。」

「雄哥你在說什麼！」

「你搬不動那麼重的梁柱，還有這些鋼筋，就算有工具也不可能短時間切斷，所以咳……先把他們帶出去，別浪費時間……」

王斯閎聞言，這才後知後覺地發覺王振雄不僅被死死壓在梁柱中段，外露的鋼條甚至貫穿男人的腹部，刺眼的鮮紅漫了一地。

「可是雄哥……」

「可是個屁啊！火場是讓你猶豫不決的地方嗎？走啊！快走啊！快點把他們帶出去！」

「雄、雄哥我會回來！你要等我，要等我……」

火光映照在王振雄沾了不少煙灰的面龐，那道目光透出害怕和不甘，以及沒有說出口的訣別。

下一秒，被火舌吞噬的畫面驟然起了變化。

「王斯閎你不是說會回來！火燒得我好痛，好痛……」濃煙散去，王振雄那張因失血而蒼白的臉被焦黑取代，幾乎看不出原貌的屍體一邊發出刺耳的哀號，一邊以極快的速度爬行著逼近。

那無疑是極端駭人的景象，王斯閎卻怎麼樣也挪不開腿，只能蹲下身像個孩子放聲大哭，「雄哥！雄哥對不起，我來不及回去，對不起都怪我……」

「為什麼是我！為什麼死的不是你？」就在對方咆哮著王斯閎自問過無數次

的問題時，夢醒了。

這不是王斯閎第一次在夜裡哭著醒來，自然也不會是最後一次。

他麻木地在黑暗中坐起身，瞪著還不算熟悉的環境無聲出神，放任熱液由無法承重的眼眶滾落。

距離惡夢般的那一夜已經過去超過一週，就在昨日，石膏未拆的王斯閎已在醫生同意下出院。

隨著時間一點一點地增加，隊上弟兄的逝世不再是漂浮的傳言，逐漸有了實感，沉甸甸地壓在心頭，化作揮之不去的夢境強迫王斯閎反覆重溫。

「斯閎？又做惡夢了嗎？」

略啞的男聲突然劃破沉默，王斯閎慌忙趕在燈光大亮前抹去面頰上的溼意，扯動僵硬的嘴角試圖對張肅良微笑，「肅良哥對不起，吵醒你了。」

「如果你想聊聊，我隨時都在。」

和張肅良對望半晌，王斯閎本就未乾的眼角再次染上溼意，最後搶在淚水奪眶而出前投入男人敞開的懷抱。

像是徬徨之人終於找到得以依靠、毋須再故作堅強的舒坦，側耳貼在張肅良溫熱的胸膛上，聽著規律的心跳聲，王斯闓忍不住蹭了蹭悶聲說道：「肅良哥你太溫柔我會誤會的。」

對比失去同甘共苦弟兄的惡夢，不論是恢復意識後第一眼就見到張肅良、張肅良一日不歇的探訪陪伴，又或是張肅良以自己石膏未拆不方便為由，釋出短期同居的邀約，全都美好得恍若夢境。

「現在才誤會是不是太遲了？」

「什麼？」意料外的揶揄讓王斯闓一怔，猛地瞪大雙眼，「肅良哥你的意思是我可以誤會嗎？」

「你說呢？」

對於男人似是而非的輕佻態度，王斯闓難免有些怨懟，卻又總是無藥可救地受到吸引。

「你全身是汗，要洗澡嗎？」

「咦？」明知張肅良刻意扯開話題，王斯闓依舊沒骨氣地上鉤，「肅良哥一起嗎？」

「你的手還不能碰水，這個邀約就留到下次吧。至於現在就安分擦澡，會舒服一點。」

提案被拒絕，王斯闊也顧不上失望，盯著張肅良一勾一勾的手指，便如提線木偶般直向浴室走。

張肅良承租的公寓並不大，浴室雖不至於不容轉身，但同時容納兩名成年男子的確略嫌擁擠，兩人因此靠得很近。

雖說樂於親近張肅良，但人之常情，比起示弱王斯闊更想在男人面前展現自己的強大和美好。因此面對凡事都搶著自己做的王斯闊，張肅良幾乎沒有練習擦澡的機會，更遑論掌握要領。

王斯闊脫掉被汗水浸透的上衣，讓男人手上的毛巾笨拙地拭去面上的淚痕，而後沿著頸項擦過前胸和後背，指完右手換左手，一個指令一個動作。

他乖順地配合，直到聽聞調侃，「穿著內褲還怎麼擦？」

撞進男人似笑非笑的瞳眸，王斯闊面上一熱，未完的語尾越發沒底氣，「下面就不用了吧，今天我自己洗過澡了……」

見張肅良隨手將毛巾扔進一旁的水盆，以為男人放棄逗弄的機會，王斯闊正悄悄鬆了一口氣，卻沒想到那隻骨節分明的手竟直接覆上自己腿間。

「肅良哥！」

「那今天的庫存也打出來了嗎？」

住院數日，多人病房難免被剝奪隱私，別說單單一天，王斯閎已經超過一週沒有解決生理需求的身體幾乎是瞬間就向張肅良投誠。張肅良顯然也不在意是否得到答案，已經隔著底褲兀自來回揉捏。

「唔、哼……」久違的親暱讓王斯閎格外激動，後腰抵在洗手臺上，單手有些無措地撐在牆上，貪戀快感的男人自然沒有叫停的理由。

內褲被扯落，充血脹大的性器高高勃起，毫無羞恥地在張肅良手中流淌著黏液，隨著套弄發出淫猥的水聲。眼前的景象讓王斯閎感到羞恥，卻同樣感到興奮，王斯閎將前額抵進張肅良的頸窩，循著本能打樁似地擺動胯部，呼吸越發急促，「肅良哥，我快要……」

「射吧，我陪你，一直陪你。」

或許是因為毫無預警的承諾，又或是因為久未抒發，王斯閎這一回的高潮較以往來得更快，熱燙的精液下一秒便傾洩而出，全灑在張肅良的掌心。

由於恢復狀況良好，王斯閎拆石膏的時間比預期提早許多。

為了擺脫格外漫長的病號生活和隨之而來的無力感，他主動向來電關切病情的分隊長提出歸隊申請。而今天是歸隊第二天，彷彿一切都沒有改變，卻又一切都變了。

拜分隊長林耀宗特意的安排所賜，王斯閎暫時只負責內勤工作，然而少了或殉職或重傷的同僚，偌大的辦公室顯得異常空虛。沒了王振雄、邱澤凱和李宇丞三人或閒聊或談論公事的聲音，世界靜得過分。

手邊的行政工作告一段落，王斯閎走出備勤室，原先只打算上洗手間，卻不料再次回神時已經站在放置各種裝備的鐵架前。

王斯閎隨手取下一頂安全帽，指腹撫過上頭坑坑窪窪的刮痕，正欲以一旁的清潔用品擦拭，就聽到陌生的男聲響起，「先生、先生不好意思，請問——」

「需要什麼協——」預期之外的來人讓未完的寒暄戛然而止，王斯閎特意堆起的笑意瞬間凝結在嘴角，「是你！」

「原來受傷住院的消防員是你。」

「有事嗎？」

「上次見面沒有機會多談，我是旭日報社的記者高彥騰，目前在製作以火場倖存者為主題的專題報導，你有時間和我聊聊嗎？」

「現在是值勤時間。」

「我可以等。」

「我拒絕。」原先便因為張肅良的緣故對高彥騰沒有好印象，現下面對胡攪蠻纏，王斯闓罕見地沉下臉。

「你應該有看到輿論是怎麼說的吧，有不少人責怪消防員判斷失誤，難道你不想讓大眾知道你們的辛苦嗎？這是一個為消防人員平反的機會。」

「我拒絕消費我的同僚。」王斯闓耳根軟，在能力可及的範圍內向來樂於助人，此時態度卻格外強硬，「如果沒有其他的事請你離開，你影響我執行勤務了。」

他把話說完便不再理會男人，兀自繼續手上的擦拭動作。

待到片刻之後，王斯闓穩穩地將安全帽放回架上，這才發現高彥騰已然不見人影。

沒了不識相的高彥騰打擾，他繃緊的神經也鬆懈下來，傻杵在原地定定望向王振雄慣常使用的位置出神，男人爽朗的笑顏和葷素不忌的打趣全都歷歷在目。

老資歷的王振雄沒什麼架子，對於剛報到的菜鳥總是很照顧，願意不藏私地分享經驗，不過若是表現未達標準，責罰同樣也不留情。一視同仁對初出茅廬的新人而言無疑是快速融入分隊的捷徑，也是王斯閎致力仿效的目標。

「阿閎，吃飯了。」

腳步聲逐漸靠近，思緒被右肩傳來的輕觸喚回，王斯閎順口道謝，「謝了阿凱，今天……哦！」卻在真正抬頭與來人對上目光時猛地驚醒過來，「大頭抱歉……」

約莫兩年前，邱澤凱和王斯閎兩人依循不同方式同時到分隊報到。前者高中畢業後，因學歷關係求職屢屢碰壁而報考警專，後者則是拿到學士文憑後，因擔任消防替代役對過去深惡痛絕的工作有所改觀，透過特考進入消防體系。

內外兩軌的差異難免反映在實務操作的熟稔程度上，加上警消體系向來學長制度嚴明，有同梯的邱澤凱存在，確實為當時的王斯閎帶來許多支持和慰藉。除此之外，兩人還在同一棟樓當了好些時日的鄰居，於公於私，邱澤凱都是王斯閎最談得來的朋友，而今那些記憶全被那一夜的觸目驚心取代。

和無法及時逃出火場的雄哥不同，王斯閎依稀記得邱澤凱是由其他隊友架出濃煙密布的空間，先後與李宇丞及其他重傷者被七手八腳地送上救護車。聽著鳴笛聲越發遠去，自認只是輕傷的王斯閎試圖協助灌救工作，想當然耳被拒絕，接著也被趕上第二輪救護車。

在急診室經過包紮和一些常規檢查，王斯閎腦袋一沾枕頭便昏睡過去，待悠悠轉醒就發現張肅良趴睡在病床邊。

而邱澤凱的死訊則是透過前來探病的隊友口中得知，情況危急的男人在送醫途中終止呼吸，一路持續急救超過二十分鐘，終究沒能挽回那條前一晚還祝福自己戀情順利的鮮活生命。

手上捧著散發餘溫的便當，王斯閎又一次陷入由濃煙和火光交織而成的絕望景象，直到手機傳來震動。

「吃飯了嗎？」

毫不意外地，跳出提醒的對話框來自張肅良。

知曉男人擔心自己的狀況，王斯閎連忙欲蓋彌彰似地打開便當盒，「有，正在吃，肅良哥呢？」

「午餐的菜色如何？拍給我看看。」

所謂一山還有一山高，自從發現王斯閎胃口不振後，張肅良不論上班或外出和友人聚餐，依舊不忘變著法子讓男人多吃一點。

一如此時，他清楚王斯閎為了讓自己放心，入鏡的便當至少會意思意思吃上幾口。約莫兩分鐘後，得到回覆的張肅良這才滿意地放下手機。

幾乎是霎時間，洪非凡抓準了揶揄的時機，「這是你在十分鐘內第六次看手機，和我們聊天這麼無聊嗎？」

張肅良斜了一眼坐在正對面的洪非凡和其餘面露困惑的友人，煩躁地搔了搔一頭微鬈的頭髮，又抿了抿唇，最後只憋出一句話，「抱歉，最近發生了一點事。」

當然，張肅良解釋的對象是陳鳴予等人。

說來奇怪，他和洪非凡都並非主動與人親近的個性，總是鬥嘴互扯後腿的兩人，卻在真正遇事時最能夠交付信任，洪非凡是諸多友人中最早也是唯一得知王斯閎狀況的人。

「他不是回去上班了嗎？」

「是回去了，但看起來還需要一點時間調適。」

「有什麼症狀？失眠？神經質？易怒？」

憶及夜夜睡不安穩的男人，張肅良皺起眉頭，「應該沒那麼嚴重，目前是經常做惡夢。」

「知道得那麼清楚，原來你們已經同居了嗎？」

張肅良一怔，登時不知該為洪非凡抓錯重點而無奈，還是該為其精準的直覺而震驚。

「不否認？看來我矇對了。」

「只是暫時而已。」

「我理解，就跟你只是給他追求你的機會一樣，只是暫時。」

怒視語帶調侃的洪非凡，張肅良正欲反駁，就又被手機跳出訊息的聲音打斷，是王斯閎。螢幕上的對話沒多少內容，卻能逗得他會心一笑。

「看吧，第七次。大白、子舟我們幾個不如去別桌坐，留鳴予就好。」

被點名的陳鳴予連忙嚥下嘴裡的食物，「留我做什麼？」

「就算阿良再沒良心，有男人沒朋友，我還是很厚道的，留你幫他付錢。」

「呿。」陳鳴予發出一聲無法苟同的嗤笑，「不如你自己一桌，我買單。」

「大白你看他啦。」

「對了，」不打算隨試圖拉攏陣線的洪非凡起舞，張肅良將話題拉回正軌，「我記得之前不知道是誰提過一間新的律師事務所還不錯，是叫什麼？」

幾人的工作都非法律專業，一時之間全因張肅良的問題陷入沉思。

好半晌過去，率先出聲的還是洪非凡，「老牌的律師事務所大家都知道，新興事務所中有名的倒是不多……你是說鼎言嗎？」

「如果是鼎言，我和他們的兩位律師都曾在法扶接觸過，許律師的專長是刑事，譚律師則是民事，他們人都很不錯。」同樣社工科系出身的蘇子舟是司法社工，特殊的工作性質使其經常出入少年觀護所。

雖說隔行如隔山，但有人附議洪非凡的話依舊讓張肅良安心不少，也有了心情開玩笑，「洪非凡不簡單啊，虧你記得事務所的名字。」

「畢竟順眼的帥哥總是讓人印象深刻。倒是你，為什麼要找律師？」

「煩心事一直堵在胸口總不是辦法，我覺得是時候處理處理了。」

生活逐漸步上正軌，張肅良可沒忘記要給王斯閎一個名分。而在那之前，他得先把先前無暇理會、眼下已過分瘋長的荊棘徹底根除。

為此他花費數天預先做了不少準備，諮詢律師、確認場地、沙盤推演，當然最重要的一點是，反覆告誡自己抱持冷靜。

張肅良曾經以為與高彥騰面對面對質時會因憤怒而失控，但事實卻是，即使聽聞男人若有所指的暗示，他依舊心如止水。

「學長喜歡我送的禮物嗎？我拍照技術不錯吧？和以前一樣，總是能把學長拍得那麼帥。」

張肅良對挑釁回以微笑，不忘一腳踩上對方的痛點，「技術好不好我是不知道，倒是看得出來你好好利用了待業的時間。」

「對了學長，我那天去消防分隊取材時看見了呢，原來那個男人是之前爆竹工廠火警受傷的消防員。畢竟都見過幾次了，我也送他一份禮物如何？」

「打算故技重施嗎？提醒你刑法第二百三十五條，散布、販賣猥褻物品及製造持有罪，第三百一十五條之一妨害祕密罪，違反前者可處兩年以下有期徒刑，而後者是三年。膽敢一再挑戰法律，想來高記者覺得這些法條不具恫嚇力吧？」

只見高彥騰先是一愣，隨即反應過來，「學長做了功課呢，但你不知道這種案件因為很難搜證，所以定罪率不高嗎？」

「我當然知道，所以我也準備了一些照片。」張肅良勾起嘴角，邊說邊將手機螢幕轉向高彥騰，「畢竟事隔那麼久，我可是花了好些力氣才把照片找出來，你想看嗎？」

畫面中的主角無他，正是張肅良與高彥騰。當時兩人的戀情雖然低調，但畢竟交往兩年，找出一些超乎友誼的親暱照片還是不成問題。

「你、你瘋了嗎？照片裡面也有你！就算經過馬賽克處理也有曝光的風險！」

聞言，張肅良輕笑出聲，「我不在意，一直以來我都不在意，但你呢？大學時就害怕性向曝光、擔心大眾眼光，你能承受公開的結果嗎？」

「你、你怎麼——」

「放心，我沒有興趣幫人出櫃，所以希望你也別讓我有機會這麼做。」張肅良把話說完，不管臉色鐵青的高彥騰尚未回神，拍了拍男人的肩便逕自轉頭離開，「好自為之吧。」

他向來懶散，以把柄威脅確實並非慣常作風。但底線被一再挑戰，與其一味被動挨打，張肅良更傾向主動出擊，嚴肅地告誡對方應當適可而止。

終於解決心頭大患，張肅良的腳步因而輕快許多，接通來電時的語調亦隨之高揚，「喂，你那邊還好嗎？」

「肅良哥……」然而作為回應的是王斯閎掩不住哭腔的低喚，「他們好傷心，阿凱和雄哥的家人哭得好傷心，如果肅良哥也那麼傷心怎麼辦？」

「什麼？」

「我們還是不要交往了……我不希望肅良哥這麼難過……」

今天是王振雄和邱澤凱的聯合告別式，王斯閎在現場觸景傷情自是在預期之中，只是張肅良沒料到男人竟是如此反應。

「你人在哪裡？還在殯儀館嗎？」沒能聽懂王斯閎顛三倒四的話，張肅良蹙緊眉頭，加快走向機車的腳步。

「我回到家了。」

「你那邊嗎？」

「嗯……」

「在家乖乖待著，我過去找你。」

就算張肅良再不樂意，也得承認王斯閎的話確實對自己造成衝擊。匆匆切斷通話，一路上越想越惱怒的張肅良連連催動油門，大概是氣憤使然，硬生生將近二十分鐘的車程壓縮在十分鐘內抵達。

站在緊閉的公寓大門外，張肅良撥出男人的號碼，「開門，我在樓下。」就在電話另一端傳來慌亂碰撞聲的同時，張肅良面前的鐵門開了。

循著印象拾級而上，待他來到三樓時，王斯閎已經一臉侷促地候在門外，「肅良哥……」

進屋後，張肅良將欲言又止的男人按在床邊，逕自拉過一旁的電腦椅坐下，「來，把你剛剛在電話裡講的話重新說一遍，你說在殯儀館看到什麼？」

張肅良清楚自己的態度過於咄咄逼人，卻怎麼也無法讓持續悶燒的胸口冷卻下來。

「告別式大家都好傷心好難過，尤其是雄哥和阿凱的家人，雄哥的女兒還那麼小，阿凱的爸媽也要人照顧……」

「然後？」

「消防員的折損率很高，我怕有一天我也會……我不希望肅良哥也那樣……那種情緒很可怕，像是一個玻璃罩子把人關在裡面，會把生活裡所有的快樂和開心都隔絕在外，什麼感覺也沒有。」

沒能理解王斯閎跳躍的思維，張肅良下意識想要發難反駁，卻驚覺王斯閎的敘述太過具體。望著男人泛紅的眼眶，張肅良機警地瞇起眼反問：「你怎麼知道會有什麼感覺？」

「我爸……也是殉職的消防員，他很年輕就過世了。我媽媽很傷心，天天以淚洗面，身體不好、精神狀況也不好，直到有一天意外出了車禍……然後就剩下我一個人了……」只見王斯閎伸手蹭了蹭鼻頭垂下眼簾，「我一直很討厭消防員這個工作，電視上所有人都說我爸爸是英雄，但對我來說那不過是破壞我家庭、害死我爸媽的原因。」

張肅良的脾氣算不上好，雖非鐵石心腸卻也不是濫情之人，但有些人就是具備讓人心疼的本事。

他的氣消了大半，強忍著上前安慰王斯閎的衝動接著提問，「既然如此，你為什麼又投入這個行業?」畢竟王斯閎雖說偶有抱怨,但每每提及工作時的熱情和衝勁可是不容偽裝。

「因為我好奇究竟是什麼樣的工作值得我爸這樣犧牲,所以畢業後我選擇服消防役,然後就不小心改觀了,還不小心也當了消防員。」王斯閎搔了搔腦袋,傻笑轉為無奈,「但是消防員的家屬很辛苦,不只休假總是對不上,還總是心驚膽戰……」

「所以你得出的結論就是為了不讓我難過,你現在要和我分開?」

「呃……對。」

眼睜睜看著王斯閎膽敢在自己的注視下點頭,張肅良眉頭一跳,只覺得原先暫歇的怒火驟然竄起,登時體悟到理解和贊同之間的距離何其遙遠。

一把捏起男人的下頷,張肅良的語氣難掩激動,「之前輸給女人,現在輸給死人,你們是都把人當什麼了?」

語音方落,對視的兩人雙雙一愣。張肅良正因為自己的口不擇言而懊悔,就聽王斯閎如是說道:「死人?可是我對阿凱和雄哥硬不起來……」

被男人異於常人的思考模式噎得一頓,張肅良深吸一口氣壓下情緒,「給你最後一次機會好好想想，是不是真的要分手，如果——」

「肅良哥你答應要跟我交往了？」

話被打斷，張肅良反倒被王斯閎的反應氣笑了，「我們不是要分手嗎？」

他拋下一聲冷哼，扭頭就朝玄關走，然而還來不及踏出套房，由身後追上的男人就先一步將門板「碰」地按回門框。

「等等！」

「等什麼？等你道別？」被困在王斯閎和門板之間，張肅良慢悠悠地轉過身，直視男人透出猶豫的瞳眸，「聽著，王斯閎，我是有自主意識和判斷能力的成年人，和誰交往是我爽我樂意，若是你要用『為我好』來拒絕，我也不會死纏爛打。但記住我不吃回頭草，我們再也不會是朋友。」

「可是……」

「沒有可是，你的答案是什麼？」

張肅良並不遲鈍，王斯閎明顯傾慕討好的態度更是一覽無遺，要求男人當下改口並不難，但張肅良在意的是日後王斯閎可能以此為由再次發難。為了杜絕這種情況，他寧可現在就強硬一些。

「我……肅良哥，我喜歡你，很喜歡你，但是……」

「與其現在就胡思亂想，不如把你的喜歡用在好好活著。你就沒想過你會好好活著，或是我們可能很快就分手的情況嗎？類似現在，我們下一秒就要說掰——」

「不要！不要分開，肅良哥不要那樣說。」

再次被搶白的張肅良被高大的男人擁入懷中，過猛的力道清楚地表現出王斯闊的不樂意，勒得張肅良有些難受。

「只准自己說，別人就不能提？」

「肅良哥對不起。」

「還要分手嗎？」

「不！不要！」

「那明天呢？後天呢？下禮拜呢？」

「不！明天不要，後天不要，下禮拜也不要！肅良哥，我們要一直在一起……」

張肅良聞言，得到滿意答案的發出一聲悶哼，算是同意就此揭過。揉了揉塞進自己頸窩磨蹭的腦袋，張肅良逕自在男人懷抱中找到一個舒適的角度，展臂回擁。

數分鐘過去，見王斯闊似乎沒有撒手的打算，張肅良笑著拍了拍男人的背，「好了別撒嬌，快去洗澡，把身上線香的味道洗掉。」

「再抱一下可以嗎？就一下。」

「不可以，洗完澡後多得是時間。」

話雖如此，張肅良依舊任由王斯闊耍賴似地摟住，幾秒過後才狠下心將黏人的男人推開，「好了快去，等等我也要洗。」

被趕進浴室的王斯闊站在蓮蓬頭下方，仰頭讓略燙的熱水兜頭淋下，腦中一幕幕掠過今日歷經的大悲和大喜。

先是參加告別式時的哀慟，接著是發覺家屬悲傷和麻木時的唏噓，算不上愉快的兒時記憶紛紛湧現。曾經同為消防員家屬，王斯闊清楚那些擔心受怕和一再落空的等待何其惱人。

不願張肅良如此辛苦的念頭在電光石火間萌芽，那通電話確實是衝動下的產物，王斯闊還沒來得及堅定自己的決心，便被男人的質詢問得忍不住改口。或許是因為軟弱，又或是出於苟且的心態，王斯閎選擇順著張肅良的強硬，卑鄙地享受當下。

思緒亂糟糟地糊成一團，急欲再次將熟悉的體溫擁入懷，王斯閎草草沖去身上的泡沫，關上水龍頭，一回頭才發現不大的浴室裡闖入了一名不速之客。

更精準來說，是僅著襯衫而下身赤裸的男人。張肅良的身材或許不算完美，在王斯閎眼中卻極具吸引力。

嚥了口唾沫，沒能從男人雙腿上移開視線的王斯閎喉間乾澀，「肅良哥你怎麼……」

「之前說好了你要幫我洗澡，不願意兌現嗎？」

「當然願意！」打從追求意圖被張肅良看穿，曾經熟悉且親近的軀體也因關係改變轉為陌生，而今意料之外的福利來得突然，王斯閎自是又驚又喜。

「那你還等什麼？」

「我……」或許是還未從興奮中回神，王斯閎一動也不動，只是愣愣望著自己的手被男人執起並攤開，半透明的琥珀色沐浴露一點一點地落入掌心。

「好了，上工吧。」

張肅良挑起的嘴角彷彿解除定身法術的咒語，王斯閎慢騰騰地用另一手在掌心搓出細緻的泡沫，抹上男人裸露在外的肌膚。

在重新降下的水幕中，王斯閎沒有為張肅良脫去已經被水打溼的襯衫，手掌沿著頸線依序撫過鮮活的動脈、凹陷的鎖骨、白皙單薄的胸膛，而後是綴於上頭的肉粉色乳暈和顆粒。

雖說沐浴露滑膩，但那一片肌膚仍然禁不住反覆撩撥，輕薄的布料貼附著紅腫挺立的乳粒，若隱若現的模樣顯得格外淫靡。

「嗯、哼……」

流連忘返的手指似乎刻意地在顏色變得豔麗的那處來回遊移，聽著若有似無的吟嚀，王斯閎的呼吸越發急促。

「不洗別的地方嗎？」

一聲低笑敲在王斯閎心口，引起陣陣漣漪。他彷彿最聽話的孩子，隨著張肅良的指示動作，探入襯衫的手掌由腰側、腹部一路向下，來到腿間已經半勃的位置。

「動一動啊，只是握著怎麼洗得乾淨？」

被張肅良似笑非笑的目光撩撥得暈頭轉向，王斯閎重重喘了一口氣，低頭將臉埋進男人頸窩，一邊加快手上的套弄，一邊發出討饒似的呼喚，「肅良哥……」

「嗯？」

「好像越洗越髒了，怎麼辦？」攤開沾上透明黏液的掌心，王斯閎吻上張肅良的嘴角。

「你會負責洗乾淨吧？在把我弄髒之後。」

面對張肅良，王斯閎總是毫無招架之力，下腹的騷動越發劇烈，脹大的性器即使未受外物刺激同樣硬得發痛。沒有答覆的餘裕，王斯閎吻上一再煽動的張肅良，在男人後背遊走的手急不可耐地伸手探向股間，一點一點地撐開緊緻的臀縫向內入侵。

他的急躁似乎弄疼了張肅良，只聽男人發出一聲低哼，卻不掙扎也不抗拒，而是迎合似地翹起腰臀。張肅良無意識的小動作讓王斯閎更加興奮，偏頭吻上男人，舌尖沒有章法地在對方口腔內攪動，盡是意亂情迷。

「別只會胡攪蠻纏，你是狗嗎？之前學的都忘了？」

無辜地對笑著罵出聲的張肅良眨眼，王斯閎討好地輕咬男人的下唇。

「肅良哥……」王斯閎手上的動作不停，擴張後穴的手指很快添為三根，溼熱的內壁溫順地吸吮外來的異物，甚至在刮搔下微微輕顫，顯然已經做好準備。

勃發的性器迫不及待地抵進男人腿間，貼著囊袋和會陰來回磨蹭，王斯閎連連聳動腰胯，額際因為當頭的欲望浮出細密的汗珠，「肅良哥，我可以進去嗎？」

「現在才問不是太遲了嗎？」

得到肯允，王斯閎喜孜孜地在男人鼻尖落下一吻，「我去拿套子。」

「不用。」

「咦？」

王斯閎一回頭，就見張肅良變魔術般不知由何處取出保險套，動作熟練地咬開鋁箔包裝，將薄膜套上自己的勃發。

張肅良得以即時因應，意味著男人打從半裸著踏進浴室開始，便已默許甚至主導著如此發展，這個認知讓王斯閎更加情動，直勾勾盯住張肅良的雙眼幾乎發出綠光。撈起張肅良的腿架上臂彎，王斯閎以膨脹的蕈狀頂端撐開臀縫，徐徐深入緊窄的肉穴，直到沒根埋入。

被絞纏的快意逼出王斯閎一聲喟嘆，男人瞇起眼小幅度挺了挺腰，在張肅良頰邊印上雨點般的碎吻，「肅良哥你好緊。」

「唔、太久沒做了。」

聽聞張肅良似抱怨也似撒嬌的答案，王斯闊張口啃上男人仰起的頸項，咕噥著吐出反問，「多久？」

若是以往，王斯闊定然不敢問也不會問，但或許是因為關係已確定，又或許是被蒸騰的熱氣熏暈了理智，終究隨著本能恣意妄為。

「你呢？」

「二個月，自從生日之後……」談及那段被刻意疏離的日子，王斯闊不禁有些委屈。

「真巧，我也是。」

一記蜻蜓點水般的吻落在鼻尖，王斯闊心頭那點小心思登時雲消霧散，只餘下歡欣鼓舞。他要他，他想伴在這個能夠輕易動搖自己情緒的男人身側，陪他一起開心一起難過。

滿腔的心動化作具體行動，王斯闊將張肅良整個人抱離地面，兩手掐握住男人的臀瓣，腰胯打樁似地連連頂弄，將無處逃脫的張肅良釘在牆上。

「嗯、哼嗯……好深……」

「喜歡你，好喜歡你……」感覺揉過自己腦袋的手攬上肩頭，王斯閎的鼻尖在男人拉直的頸線蹭了蹭，低頭在白皙的肌膚吮出斑斑紅痕，「肅良哥也可以喜歡我嗎？」

沒有忘記張肅良過去擺明了不談感情的態度，面對男人頑固而狡猾的答案，王斯閎自認沒有怨懟的本錢，既然選擇暫且放下各種負面擔憂，此時該做的便是把握當下任何機會趁隙而入。

將每一分每一秒視為偷來的時間，雖說無法給予保證，但他已暗自起誓會用盡一切方法好好活著。除了不讓張肅良面臨離別的傷痛，更是出於私心，意圖延長與男人相處的時間。

「哈、唔你得好好表現，讓我更喜歡你啊……」

「肅良哥。」

「嗯？」

「謝謝你讓我喜歡你。」吻上張肅良染上情欲的泛紅眼角，王斯閎笑了。

低啞的聲線溫柔似水，身下的進犯卻一下快過一下，肉體拍擊的聲響襯托著水聲，顯得悍然而淫靡。

夜晚依舊漫長，屬於戀人的故事才剛揭開序幕。無人能夠窺探結局，唯一可以肯定的是，王斯閎將會為了守護這份美好傾盡所有。

Epilouge

尾聲

恋は傷つくもの

Koi Wa Kizutsuku Mono

不過一轉眼，距離有心人士在社群網站指責相關單位不作為導致黃姓女子自殺一事已經過去數個月，媒體和大眾早將不再熱門的話題拋諸腦後，身為當事人的賴宥伶卻無法如此灑脫。

不久前賴宥伶以長期失眠、精神狀況不佳、無法專注等健康因素為由遞出辭呈，中心主任試圖慰留無果，最後於半個月後的今天正式離開。

任誰都能看出賴宥伶每況愈下的身體狀況導因為何，卻從未說破。似是害怕一語成讖，又似是消極地不願面對社工員在體制中其實如蚍蜉般渺小，只能隨之沉浮的真相。

為了替賴宥伶餞行，大伙特意籌備了一場歡送會。

在空間不算大的會議室內，只見賴宥伶紅著眼眶一一和大家道別，最後停在張肅良面前，面上雖是笑著，眸底卻始終藏著陰鬱，「明明是大家都曾經碰過的狀況，我卻沒辦法克服，督導我是不是很沒用……」

「社工也是人，也有煩惱和七情六欲，我們都知道線上社工的折損率有多高，雖然很惋惜因此少了一名大將，但把工作做好的前提是把自己照顧好。」

「督導謝謝你。」

「和主任說的一樣，我們隨時歡迎妳回來。」

這既是真話，也是場面話。有過相似經驗的張肅良清楚走出消沉並不容易，一方面希望賴宥伶能夠盡快擺脫陰霾重返崗位，另一方面卻又希望她藉此離開社福圈這個是非之地。

但張肅良畢竟不是初出茅廬的新鮮人，自然知曉說話時機的重要性，任憑腦中亂糟糟地混和各種思緒，緊閉的嘴依然只顧著微笑。

「哇！是氣炸鍋！」

驚呼聲突然響起，張肅良飄忽的注意力被喚回現實。只見賴宥伶從紙袋取出眾人集資購買的禮物，又驚又喜的反應一時間換來掌聲與笑鬧。

「我一直想要氣炸鍋，你們怎麼知道我想要這個？」

「拜託，也不看看是誰選的禮物，我可是左思右想考慮超久。」

「哎喲你們這樣我好想哭。」

「妳還沒看卡片咧！」

「不行！卡片我要回家再看，不然我真的會哭……」

望著跟前熱鬧融融的景象，站在人群外圍的張肅良垂下眼簾，小幅度地掀動嘴皮，又犯了菸癮。

歡送會後，張肅良以另有約會為由婉拒了聚餐的邀請。不是不合群，而是沒來由地想念那不知不覺已逐漸熟悉的體溫。

他歸心似箭，油門催得飛快，然而返家的路程都已過了泰半，這才憶及因為適逢接連兩天的假日，王斯闊前天下班便直接南下探望長輩，此時應該還未返家。

滿心的期待落空，張肅良緩下車速，登時連順路買晚餐果腹的幹勁都沒有了。

張肅良尋思著隨便以泡麵應付一個人的晚餐，沒料到一打開門就見兩人同居的處所燈光大亮，空氣中瀰漫著讓人胃口大開的食物香氣，方才心心念念的人影則從廚房的隔牆探出頭來，「肅良哥你回來了！」

「好香，是什麼味道？」

「是阿婆讓我拿回來的竹筍排骨湯，還有一鍋焢肉喔！阿婆做的焢肉超下飯，等等肅良哥你——」

沒等王斯闊把話說完，張肅良幾步上前一把擁住手中拿著湯杓的男人。

「肅良哥你怎麼了？」

「沒事，只是想抱抱你。」收緊環過王斯閎腰間的手臂，他邊說邊將臉埋進男人寬厚的胸膛蹭了蹭。

「工作上有什麼不開心的事嗎？」

「不，我只是有點感慨而已。」抬眸對上王斯閎關切的目光，張肅良奇異地發現心頭的躁動緩和不少，「我很高興有你，你讓家更像家。」

無人能夠預知未來，但至少此時此刻，張肅良由衷感激王斯閎的堅持不輟。男人以實際的行動為張肅良重新詮釋愛情，或許笨拙或許青澀，卻安穩且令人心生依賴。

——《談愛傷感情》完

Sidestory One

番外一 關心則亂

Love Hurts

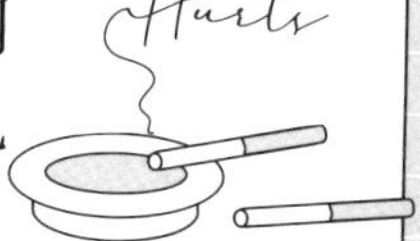

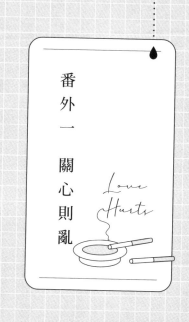

「弟弟你現在躲在哪裡？安不安全？」

隔著電話，張肅良也能聽聞另一頭傳來激烈爭執和物品落地的巨大響動，「在房間喔，那你不要出去。爸爸媽媽很常吵架嗎？他們打架會受傷嗎？」

來電者是一名年僅十歲的孩子，以哽咽驚懼的童言童語勾勒出並不罕見的家庭藍圖。失業的父親總在酒後情緒失控，肩負經濟重擔的母親也不是省油的燈，兩人經常咆哮對罵，甚至上演全武行。

「他們會不會打你？」聽聞肯定的答覆，張肅良隨即蹙眉，「有喔，那是為什麼打你？」

「你說你沒寫功課的時候喔，那他們吵架的時候會打你嗎？爸爸喝酒的時候呢？」啼笑皆非的誤會讓張肅良鬆了一口氣，不忘以另一種方式再次確認。

不幸中的大幸是夫妻倆的爭執並未波及孩子，但這不表示此家庭毋須協助。

「是喔，弟弟你叫什麼名字？你知道家裡的地址嗎？電話是這支嗎？」

目睹家暴的兒少生理可能毫髮無傷，但生活在這種環境中，經年累積的不安全感可能使孩子心理出現焦慮、情緒障礙或自我價值感低落等問題，甚至可能影響其日後建立親密關係。

「你真棒，背得出家裡的地址，知道要打電話過來也很棒。」獲得通報的必要資訊，張肅良不忘給予來電者一番大力讚揚，這才結束通話。

他喝了一口水，伸手捏了捏眉心，猶在轉介系統上詳實記錄案家的情形，就聽見手機傳來震動聲。

晚間十點，原以為是王斯閎上班時間得空來閒話家常，定睛一瞧，傳訊者竟是理應早早歇息的母親，「阿良，驗傷一定要去大醫院嗎？」

除了每日道早安和逢年過節慶賀的長輩圖，慣於直接通話的母親鮮少以文字傳訊息。不同於尋常的舉動，加上若有所指的敏感內容，張肅良眉頭一擰，雷達頓時鈴聲大作。

「一般診所也可以驗傷。」

「發生什麼事了？」

張肅良手指動得飛快，接連發出兩則訊息。等待使人焦慮，尤其是急欲得到消息的此時，指尖煩躁地在桌面敲出聲響，

沒耐性的張肅良正欲直接去電問清楚，就傳來一聲驚呼，「督導！線上有一位女性情緒不太穩定，對話的時候會反覆跳針，感覺可能是一類，她正在割腕自

傷……」

躊躇了半秒鐘，他牙一咬終究只能擱下手機，「電話轉過來。」

這一通電話持續將近一個小時，雖說途中收到母親道晚安的回覆，張肅良依舊管不住自己越發負面的猜測。

動手的是誰？是那偽裝在老實外表下的男人嗎？暴力發生多久了？頻率多高？嚴重程度又是如何？是否也對不足十歲的孩子動手？

拜豐富的想像力和平日接觸的工作內容所賜，母親可能遭遇家暴的猜測真實得過分，甚至連相對人如何動手的畫面都浮上腦海。

揣著擔憂好不容易撐到打卡下班，張肅良當然想打破砂鍋問到底，但凌晨時分確實不是好時機。

他一夜輾轉，翌日頂著泛青的眼袋早早就打電話給母親。自從母親另組家庭，母子倆的關係雖不至於生疏，但總是能拖則拖的態度自然也不可能多熱絡，這或許是張肅良第一次如此主動急於聯繫。

好不容易在數十秒後電話接通了，從嘴裡取下燃燒的菸，男人的聲線因睡眠不足較以往更為沙啞，「喂媽，您現在在哪裡？」

「阿良?我在家啊，怎麼了嗎?」

「您的聲音怎麼了?身體不舒服?」張肅良立即察覺透出濃厚鼻音的女聲有些不對勁。

「哎呦我最近感冒啦，都是被你叔叔傳染的，你也要小心一點，現在流感很嚴重。」

聽聞解釋，張肅良眉間的皺褶反倒越陷越深，畢竟心中有了成見，看什麼都像是疑點，「您一個人在家?」

「對啊，你叔叔去上班了，瑄瑄也去上課了。」

聽聞極可能是相對人的男人不在母親身側，張肅良總算稍稍鬆懈下來，「您昨天……所以您去醫院了嗎?」

「喔……還沒有啦，還要再看看。」

「媽最近有發生什麼事嗎?」

「什麼事?沒有啊，怎麼突然這樣問?啊對了，那什麼保護令的可以自己聲請嗎?會很麻煩嗎?」

「實務上通常會有社工協助，但只要備好資料也可以自己向法院聲請，詳細需要的資料和流程我可能要查一下。」

「還要跑法院，聽起來好像很麻煩哎……」

「媽您真的沒事嗎？您身體還好嗎？」

入耳的咕噥讓張肅良的不安驟增，然而追問只換來雞同鴨講的說明，「之前咳嗽流鼻水我有去看醫生，現在只剩下鼻塞，沒有很嚴重就沒去拿藥了。」

張肅良來不及分辨母親的話究竟是敷衍還是若有所指，便聽見彼端傳來門鈴聲響。

「有人來嗎？是叔叔回來了？」

「阿良我有點事，晚點再聊。」尚未得到答案，女聲只是匆匆落下一句，通話就此中斷。

過去總是母親主動聯絡，小心翼翼地探問關切，希望能夠延長對話。瞪著回歸黑暗的螢幕，張肅良心亂如麻。

當日過後，張肅良屢次試圖打探卻接連挫敗，於是就連好不容易逮到上班前的間隙，和剛卸下勤務返家的同居人共進午餐，耿耿於懷的他在談及此事仍難掩激動，「他一定動手了，那個混蛋竟然敢打她！」

「說不定只是肅良哥你多想了。」

「不不不，一定是出事了，不然我媽說話幹嘛遮遮掩掩。」將根本還未用上的免洗筷拍在桌上，坐不住的張肅良完全沒有進食的胃口，一邊叨念一邊在客廳來回踱步，「都問到驗傷和保護令了，也不知道狀況怎麼樣……為什麼不和我說呢？」

「肅良哥……」

「家裡還有小孩，那傢伙實在——」

男人大聲打罵和孩子哭喊的畫面與無數次透過電話聽聞的危機情境相疊合，至親淪為受害者而自己卻沒能阻止的無力感令張肅良難以忍受。

「那個、肅良哥……」

「幹嘛？」話一出口，張肅良隨即因為自己不算好的口氣感到後悔。

「你要不要邊吃邊說？再不吃麵就要糊了，而且等等你還要上班。」

「喔……」

所謂伸手不打笑臉人，前一刻猶高漲的火氣被王斯閎既無辜又小心翼翼的笑容打斷，加上心頭有愧，張肅良確實不好意思反駁男人的提議。

他一屁股在沙發上坐下，重新拿起筷子賭氣似地將麵往嘴裡塞，然後敷衍地咀嚼幾次後嚥下。然而囫圇吃沒兩口，手就被一隻粗糙的大掌輕輕按住。

「找一天實際去看看吧。」

「可是，我擔心打擾她……」垂下眼簾，張肅良如虹的氣勢登時萎靡下來。

「不會的，阿姨不是經常邀請你去玩嗎？」

「那只是客套話，而且現在說不定會給她添麻煩……」

「你說的情況都有可能發生，與其自己胡思亂想，不如親眼看看阿姨，你也才能放心不是嗎？」

張肅良聞言一愣，張了張嘴還來不及反駁，就聽王斯閎接著問道：「我和你一起去，可以嗎？」

「不用啦我自己可以處理，而且你要上班吧。」

「我可以和同事喬一下，還是說會造成你的困擾？」

不敵男人過於熾熱的視線，張肅良下意識別開眼，正欲以太過麻煩對方為由拒絕，然而當目光落在王斯閎寬厚的臂膀和震懾力十足的身形時，頓時心生一計，

「好啊，你來吧。」

畢竟在不清楚敵方戰力的情況下，盡可能增添己方武裝的做法也是未雨綢繆。張肅良為了各種突發狀況做足準備，甚至為母親和同母異父的妹妹訂好了旅館，作為匆忙脫離危險後暫時落腳的處所。

只是他怎麼也沒料到，即將到來的會是如此景象——相約碰面的地點是一間客人不算多的複合式簡餐店，不僅張肅良領著王斯閎助陣，母親也在未提前告知的情況下多帶了一名女性友人，而瑄瑄則並未出現。

「媽。」向母親打過招呼，張肅良一邊說一邊瞟向一旁陌生的女性，「這是王斯閎，我的室友，剛好想到附近走走就跟來了，那這位是……」

「這是劉阿姨，我們上課認識的。」

「上課？」

「我有去上社區大學的課，不然整天在家也無聊。」

「活到老學到老很好啊，您上什麼課？」

「國畫班和日文歌唱班，雖然我還不太能掌握墨水那種剛柔並濟的神韻，但已經學會兩首歌了。」

「哇那您一定要唱給我聽！」雖為母親較過往開朗的個性感到意外，張肅良的目光卻沒能從始終靜默的女性身上轉開。

五月的天氣已經越發悶熱，身形豐腴的女子卻身穿高領長袖，在毋須遮擋陽光的室內仍戴著墨鏡，低垂著頭不發一語，怎麼看都比氣色紅潤的母親更接近受暴者的形象。毋須多說，一切猜測都在瞬間得到了答案，張肅良緊繃多時的情緒因此放鬆不少。

「哎你們還沒點餐，都怪我話太多了。你們看看想吃什麼，別客氣盡量點。」接過菜單打開，張肅良動作自然地湊近王斯閎，「我要一杯榛果拿鐵，你呢？」

「可可好了。」

「還沒吃午餐會餓嗎？你可以再點拼盤或是蛋包飯。」

「這個炸物拼盤看起來不錯，再一份沙拉。」

張肅良點了點頭還未起身，就被王斯閎一把拉住，「我去就好了，你陪阿姨聊天。」

他沒有拒絕男人的好意，接續方才的閒聊，順勢將話題引到寡言的女子身上，

「那劉阿姨也是兩種課都有上嗎？」

「沒、沒有……」

「那是哪一種？國畫嗎？」

「嗯……」

「你劉阿姨的作品超有意境，就連老師都很讚賞喔！」

雖未言明，但任誰都能看出女子不怎麼樂意搭理張肅良，然而母親偕同劉小姐赴約必定不是偶然。

清楚感覺到落在肩上的期望，張肅良只能尷尬地堆起笑容，佯裝興致盎然地追問：「聽起來真厲害，下筆之前都是怎麼構圖的呢？」

對上母親催促的目光，面色不變的張肅良甚是無奈，畢竟尚未取得個案信任，就算頻頻探問也無濟於事。更何況若是逼得太緊，在獲取資訊前反倒可能惹來反感。

這個念頭才剛浮上腦海，就聽蚊蚋似的女聲響起，「抱歉失陪一下，我去洗手間。」

「我跟妳一起去吧。」

「不用了，妳們繼續聊吧。」

望著女子逐漸遠去的背影，張肅良向面露憂愁的母親聳了聳肩。

「她碰到一些小困難，你知道就是家裡的……」

「我知道，她是家暴受害者，那些問題您是幫她問的。」接過母親欲言又止的話頭，張肅良總算得以切入正題，「她有孩子嗎？暴力情形維持多久了？」

「我們只認識不到兩個月，她不喜歡說自己的事，就我所知好像沒有小孩。她身上經常出現傷口，應該是她先生動的手，感覺他不喜歡她出門上課，懷疑她在外面有人……」

沒對母親刻意壓低聲量的感嘆表示意見，張肅良接著問：「她的傷口有多嚴重？只是外傷，瘀青？挫傷？還是有更嚴重的傷？」

「不知道哎，但她之前上課有請假幾次，下次再看到她臉上好像就有傷。她會用粉底和墨鏡蓋住，但還是看得出來……」

「曾經報警嗎？有去醫院驗傷嗎？」

「我和她提過，但她不想被人知道……」

這是張肅良毫不陌生的答案，許多受害者出於膽怯、羞愧或經濟無法自立等原因不敢向外求救，只能被迫留在暴力環境。

「怎麼辦？阿良，我要怎麼幫她？」

「走出家暴並不容易，陪伴是最好的方法，讓她知道自己並不孤單。不論之後是否要採取行動，都要鼓勵她去驗傷留下證據，醫院那邊也會協助通報，之後會有社工提供協助。」

語音落下，張肅良這才察覺女子離席的時間已經將近十分鐘。左右張望都沒能在店內瞧見那抹豐腴的身影，不禁皺起眉頭，「斯閎你有看到劉阿姨嗎？」

「沒有，她還沒從洗手間出來。」

「怎麼這麼久，媽您能去看看嗎？」

見母親走遠，張肅良連忙靠近端坐在身旁的王斯閎，在桌面下無人瞧見的死角，手指不安分地在男人的大腿來回滑動，「抱歉，很無聊吧。」

「提到工作專業的肅良哥很帥，認真的男人最有魅力。」

「嘴巴真甜啊，看來你的可可很有效果。」

以食指勾住男人的尾指，兩人猶在細碎地低訴愛語，就見同桌的兩名女性一前一後地走出洗手間回座。

「哎淑英，等等妳別走那麼快，妳還好嗎？」

女子沒有回答，只是匆匆從皮包抽出鈔票壓在杯子下方，聲響略帶沙啞，「我還有事，先走了……」

「可是妳的咖啡和蛋糕都才吃幾口，還是我請店家打包？」

「不用了，我吃不下。」

「淑英，我……」

「沒關係，我先走了。」

張肅良不清楚兩人在洗手間談了些什麼，但很顯然劉小姐對於旁人的關切不怎麼領情。

眼見母親一再試圖挽留，張肅良雖不明就理，卻也不可能置身事外，亦步亦趨地跟在兩人身後打算趁隙幫腔。然而未待找到機會開口，突如其來的意外就在電光石火間發生。

一名渾身散發酒氣的男子氣勢洶洶地走進店內，一把抓住劉淑英的頭髮，在女性刺耳的尖叫聲中大聲怒罵，「臭查某！講啥物出門買菜，好膽去討契兄！（臭女人！說什麼出門買菜，好大的膽子去偷漢子！）」

一記響亮的耳光不僅逼出尖叫，也嚇傻了在場的所有人。

「閣一擺兩个！當恁爸是死人？（還一次兩個！當老子死了嗎？）」

男人也不管猶在公開場合，眾目睽睽之下就是拳打腳踢，受制於人的劉淑英根本無法閃避，只能被迫承受暴行。

率先出言伸張正義的是受害者的友人，亦即張肅良的母親，「喂、你哪通拍伊！（喂、你怎麼打她啊！）」

「遮無你的代誌，共我閃去邊仔啦！（這裡沒妳的事，給我閃一邊去啦！）」

「媽！」張肅良見狀，連忙攙扶被推得踉蹌的母親，「有沒有怎樣？」

「沒事沒事，阿良快，把人拉開！快點！」

擔心母親再次被波及，張肅良將之拉到一旁才上前，「你莫按呢——（你不要這樣——）」

只是王斯閎的動作更快，寬厚的身形先一步擋在張肅良身前，搶在男人再次動手的剎那，一把抓住高高揚起的拳頭。

「伊是阮某，是阮兜的代誌，你莫咧沓滴。（她是我老婆，這我家的事，你不要多管。）」

面對男人接二連三的推扯和叫囂，王斯閎並未反擊，只是穩穩地為劉淑英格開每一次的拳頭和巴掌，「動手打人就是不對，我已經報警了。」

「好啊！叫人來看伊討契兄啊！（好啊！叫人來看她偷漢子啊！）」

「好矣啦，莫食酒就烏白講，真歹看。（好了啦，不要喝了酒就亂講，很丟臉。）」被打得鼻青臉腫的劉淑英總算發話，勸慰的聲線嘶啞。

然而劉淑英越是低姿態，酒意上頭的男子越是強硬，「是你共我做烏龜，你講啥人較歹看！（是你給我戴綠帽，你說誰比較丟臉！）」

男人大聲咆哮期間數度試圖再次施暴，全都被護在女子面前的王斯閎阻止，這番舉動無疑是火上加油，於是男人漫天的辱罵更加不堪入耳。

幸而警察來得很快，這場引來路人側目也影響店家做生意的鬧劇總算落幕。

除了當事人，張肅良一行三人也在員警的要求下一同前往派出所。依照法規，警方在執行勤務發現疑似家暴案件時，須在二十四小時內通報主管機關，劉淑英的案件自然也不例外。

就在王斯閎以目擊者身分做筆錄的期間，家庭暴力暨性侵害防治中心的社工來了。張肅良猶豫片刻終究下定決心，搶在員警領著社工走進劉淑英所在的會議室前出聲打斷，「不好意思，我是保護專線的社工督導，能先和你談談嗎？」員警雖已為其簡述案情，但警政和社政關注的重點不同，加上劉淑英態度防備，張肅良認為自己所知不算多的資訊能加減為完全不清楚狀況的社工提供協助。

待到依序完成筆錄，又等母親和劉淑英告別，張肅良三人離開派出所時已經將近傍晚。在西斜夕陽的映照下，並肩而行的三條影子長長地曳在柏油路面。

「阿良抱歉喔，我沒想到會這樣，還花了這麼久的時間。你們中午也沒吃什麼，應該很餓吧？」

「還好啦，劉阿姨沒事比較重要。」

「因為你比較懂這些，我本來想諮詢你的專業意見，但又想說很多情況我自己也不了解，才會安排你們兩個見面，只是她看起來還是不太願意。沒想到她先生會突然跑來，天啊，嚇死我了！」

「我才嚇死了，我本來以為是……」張肅良沒把話說完，只是深深地看了身旁的女性一眼，對視的兩人透過目光無聲地交流，似乎說了些什麼又似乎什麼也沒說。

打從張肅良大學離家，母親再婚、感情觸礁、工作不順遂等事相繼發生，母子倆的關係逐漸疏離，許久一次的通話或碰面也是禮貌得近乎虛偽。

誤會母親受暴成了釐清自己的契機，今天充滿意外的突發事件更是久違地拉近彼此之間的距離。

「走吧，我們找一間店吃飯。」

「這個時間您不用回家準備晚餐嗎？」

聽聞邀約張肅良如是反問，同時望向一旁保持沉默的王斯閎，換來男人一抹燦爛而靦腆的微笑，那是一個無論答案為何皆會全力支持的表情。

「我已經和你叔叔說好了，他們會自行處理晚餐。況且你們幫了大忙，當然得好好表示一下。」任由母親熱絡地挽上手臂，只是張肅良沒料到下一秒女聲會突然壓低音量，「而且我還沒和你男朋友說到話。」

「您怎麼！他不是……」張肅良在女人充滿興味的注視下噤聲。縱使不因身為同志而羞恥，但私密的感情關係攤在長輩面前依舊讓他有些不自在。

「你不說不代表我不知道。」

「喔……」

「我不敢問，只能假裝不知道，想著也許以後就會好了，可是到後來……你連和我說話、和我吃一頓飯都不願意了……」

沉默地垂下眼簾，還未從衝擊中回過神的張肅良沒了平日的能言善道。對於性向，他始終抱持不否認但也不會主動承認的態度，疏遠多時的母子倆更是沒有機會談及這個話題。

「我不是一個好媽媽。我想過很多次，如果我沒有認識瑄瑄她爸，我們的關係是不是會不一樣？你是不是也會不一樣……」

「媽、這和您有沒有再婚沒有關係……」

彷彿找不著出口的迴圈，兩人每回的對話最後總會繞至母親的自責，女人卑微的討好和戰戰兢兢的態度與離婚前的自信優雅全然不同。母親的變化讓張肅良心疼卻無力改變，於是選擇逃避，盡可能減少與之接觸，若是必要也多是虛應了事。

原以為這段對話又要如同往常那般以尷尬的沉默作結，卻沒想到不等回應的女聲又兀自說下去：「但我發現我其實連兒子都要沒了，還想管東管西……只要你開心就好，偶爾願意和我見一面說上幾句話……」

「媽、我……」左胸口的臟器被一字一句狠狠揪住，張肅良慣常執菸的指尖不自覺抽搐，懷念起得以麻痺感知的尼古丁。

「哎呦扯遠了，這些不是重點，你想吃什麼？」

未完的解釋被手背上的輕拍打斷，張肅良沒有搭腔，只是傻愣愣地望著母親回過頭，向王斯閎問道：「那個斯閎啊，你呢？你喜歡吃什麼？」

「咦！阿姨我什麼都吃，所以您決定就好。」被母子倆的悄悄話排除在外，猝不及防遭點名的王斯閎滿臉迷茫。

「年輕人都喜歡吃肉吧，以前肅良餐餐都要有肉，只有青菜的話就鬧脾氣。肉的話像是燒烤或火鍋，斯閎你覺得哪個比較好？」

「呃……我都可以，附近有什麼就吃什麼，阿姨您別那麼客氣。」

「你們住在一起，我家阿良平常受你照顧了，請你吃頓飯哪有什麼。我來查看看……哎呦為什麼畫面卡住了？這要怎麼用？」

「阿姨您按這邊就可以了，然後搜尋結果說附近有迴轉壽司、炸豬排、壽喜燒——」

母親和戀人腦袋抵著腦袋，湊在手機前的畫面映入眼簾，超乎想像的景象讓張肅良不禁彎起嘴角。

或許距離全然開誠布公尚有困難，但至少母子倆開始學習踏出第一步，學習包容彼此。

——番外一〈關心則亂〉完

Sidestory Two

番外二 颱風天

恋は傷つくもの

Koi Wa Kizutsuku Mono

「強颱米利歐來襲，為北部地區持續帶來豪雨，部分低窪地區已成一片汪洋，氣象局預估入夜後的雨勢會越來——」

張肅良關掉電視枯坐在沙發上，屋內一片寂靜，沒了主播和記者的播報，只餘下外頭傳來的風雨聲。

聽見豆大的雨滴密集地砸在玻璃窗上，響亮的霹啪聲加上鬼哭神號的風聲，儼然教科書上的颱風天標準案例。然而風雨交加的聲響讓張肅良怎麼也無法定下心來，只能再次打開電視。

「由於強颱米利歐挾帶強風豪雨，山區接連傳出道路損壞、坍塌、土石流等災情，搜救人員已冒雨進山搶救。提醒民眾切勿冒險到海邊觀浪，或從事海釣、戲水等行為，以免發生——」

從小到大超過三十個年頭，每逢夏秋兩季難免會碰上幾個颱風，透過新聞播報了解即時消息更是理所當然。

然而打從張肅良認識王斯閎開始，一切都變了。

颱風來襲的夜晚，孤身一人的張肅良無法平靜看待風雨導致的災情，同樣無法接受自己對於王斯閎可能面臨的危險一無所知。知與不知同樣難受，於是這一次他沒再關上電視，而是選擇調降音量，企圖緩和過於鼓譟的腦袋。

在神經緊繃的情況下，時間的流速總是格外緩慢。以主播流利清晰的聲音為背景，張肅良垂著腦袋，漫不經心地將目光落在手機螢幕上，或瀏覽網頁或與朋友閒聊，在沙發上一坐就是數個小時。

在點開今晚第三部電影時已經臨近凌晨一點，橫躺的張肅良打了個呵欠，翻身轉向沙發內側，將播放中的平板靠上椅背，依稀聽聞清脆的女聲由身後傳來。

「米利歐颱風預計於凌晨四點由西北部海域遠離。但受到外圍環流影響，北部地區仍可能有局部大雨，空曠地區易有強風，民眾外出需多加——」

「……唔、嗯？」

失重感讓不知何時失去意識的張肅良猛地驚醒過來。惺忪之際，男人怔忡片刻才察覺自己正懸浮在空中，更精確一點來說是讓人打橫抱在懷中。

不過下一秒，男人便冷靜下來，「斯閎……」雖說視線迷濛，但不論是竄入鼻腔的氣息或緊密熨貼的體溫，都熟悉得彷彿深烙心頭。

「吵醒你了？你怎麼睡在客廳？」

「只是看電視看到睡著了，幾點了？」

「才九點多，你這個月是中班，時間還早你能再睡一下。」

由騰空狀態安穩地落於床面，張肅良展臂摟住意圖直起身的男人，額頭下意識蹭了蹭對方寬厚的臂膀，輕描淡寫地掠過自己高懸一夜的擔憂，「你忙了一夜累了吧？」

「沒事，這次雖然風雨很大但因應及時，山區也很早就開始撤離居民，所以很幸運沒什麼災情。」

「那就好。」張肅良咧嘴一笑，在湊向前親吻王斯閎的當口，手上使勁將男人拉倒在床上。

「咦！肅良哥？」

「你說不累，那這裡呢？」他沒給王斯閎反應的時間，伸手便覆上男人腿間，動作熟稔地摩挲。

所謂年輕就是本錢，沒讓張肅良久等，掌心之下的物事幾乎是迫不及待地投誠，將褲襠撐起明顯的弧度。

「啊、看起來非常有精神呢！」

「肅良哥……」分明人高馬大，力氣至少是疏於鍛練的張肅良兩倍之多，王斯閦卻只是一臉侷促，仰躺著任憑男人擺布。

聽聞王斯閦可憐兮兮的低喚，張肅良不禁莞爾，「你這反應到底是要還是不要？」

「只要是肅良哥，怎麼樣都可以。」

「這種甜言蜜語你是從哪學來的？」話雖如此，張肅良卻壓抑不住頻頻上揚的嘴角。笑著張口啃上男人的下顎，他動作熟稔地扯下王斯閦的上衣，綿延而下的碎吻紛紛落在隨之裸露的肌膚上。

張肅良突然一頓，瞇起眼死死盯著男人鎖骨下方並非由自己造成的陌生瘀痕，語氣低沉，「你受傷了。」

「有嗎？」

「這裡。」伸手輕撫透出青紫的部位，相對王斯閦從容輕鬆的態度，張肅良的語氣難掩心疼。

「喔！那是上岸的時候不小心撞到的，沒事啦。」

「上岸？」

「總是有人不聽話颱風天還跑去海釣，然後浪一打就落水。」王斯闓似乎突然意識到張肅良不好看的面色，連忙扯開話題，「總之任務很順利就結束了，肅良哥你別擔心。」

垂下眼簾，張肅良指尖拂過男人胸口或清晰或消淡的傷疤，好半晌沒作聲。映入眸底的麥色皮膚上一道道痕跡是英勇出勤的勳章，也是一次次與死神擦肩而過的存亡關頭。理智上知曉以身犯險是王斯闓的工作，卻怎麼也做不到不掛心。

「肅良哥，我沒事也不會痛，只是瘀青幾天就好了。」

就著臉頰被捧起的姿勢，張肅良與王斯闓對視片刻，緩緩闔眼傾身印上男人那雙早已無比熟悉的唇瓣。

「既然如此，你來讓我忘記吧，做得到嗎？」夾帶著曖昧的水聲，碾磨在唇齒之間的呢喃極具誘惑力。

回應張肅良的是更深入更纏綿的吻，只見床榻上兩抹身影相互交纏，並非突如其來的激情和欲望，這是一場意在撫慰彼此的性愛。

觸碰、擁抱、親吻、交合，有別於快而急的猛烈大火帶來的極致快感，耳鬢廝磨的餘韻格外悠長。即使只是依偎著交換體溫，同樣感到左胸口被無可言喻的愛意填滿。

「咕嚕——」

而打破這個寧靜時刻的是王斯閎不爭氣的肚皮，聽聞煞風景的響亮腸鳴，張肅良忍不住噗笑出聲，「看來我讓某人太過操勞了。」

「沒有，我不累！還可以再來一次！」

「把牛累死了對我可沒好處。」張肅良嗔怪似地瞪了試圖挽回局面的王斯閎一眼，翻身下床。跨過男人的同時，右手不規矩地揉了對方腿間的物事一把。

「肅良哥！」

「嗯？怎麼了？」揩油得逞的張肅良一臉無辜，站在床邊泰然自若地套上褲子，唯有眼底漫開的笑意顯出幾分端倪，「好了，我幫你弄早餐，蔥油餅好嗎？」

見王斯閎同意，張肅良趿著拖鞋走向廚房，從冷凍庫中翻出懶惰外出用餐時的儲備糧食。

打開袋口一看，撒滿蔥花的餅皮還剩下三張，對兩名成年男子來說勉強能果腹，卻談不上飽足的分量。

作息不規律的兩人沒有開伙的習慣，張肅良彎著腰在冰箱內左翻右找，好不容易才從略嫌空曠的冷藏櫃中尋獲殘存的一片起司。

他直起身皺眉，思忖著或許該找時間去大賣場補貨，就在此時視線突然被微波爐上頭的一抹赤紅吸引。

蔥油餅和茄汁鯖魚罐頭畢竟不是常見的搭配，張肅良偏頭想了想，還是決定徵詢王斯閎的意見，轉身朝臥室的方向揚聲問道：「家裡還有鯖魚罐頭，加在蔥油餅裡面好嗎？」

一秒、兩秒、三秒鐘過去，預料之中的男聲卻沒有響起。

「斯閎？」遲遲沒有得到回應，張肅良困惑地眨了眨眼，隨手放下罐頭，邁步進房一探究竟。

這才發現不久前還和自己打鬧的王斯閎維持渾身赤裸的模樣，被子也沒蓋就已經歪著腦袋昏睡過去。

將戀人大剌剌的睡姿盡收眼底，張肅良嘴角噙著笑，俯身吻上男人的額際。

「晚安，我的英雄。」

——番外二〈颱風天〉完

——《談愛傷感情》全系列完

Afterword

後記

恋は傷つくもの

Koi Wa Kizutsuku Mono

談愛傷感情

嗨各位好，我是莫斯卡托～

這是我的第一本商業誌，很榮幸有機會和大家見面！

這次為大家帶來的配對是消防員和接線社工，比起朝九晚五的上班族，算是相對陌生的職業。

消防員和接線社工都很辛苦，工作上會碰到形形色色的民眾和各種離奇情況，礙於篇幅有限無法描寫所有查資料時看到的酸甜苦辣，只希望故事提及的內容不要偏離現實太多XD

也因為想盡量傳遞真實的樣貌，所以故事中難免得面對現實和體制的無奈QQ

當然這本的重點還是小狼狗王斯閎和督導張肅良的愛情，雖然是以約炮為主線，但猶記最開始的初衷是想寫互相救贖的故事XD

兩人的工作性質有幾分相似，都是發光發熱以照亮他人，但光明背後留給自己的就是黑暗。所以希望讓他們在快步調的茫茫人海中，找到得以彼此依靠彼此拯救的對象，在外飄零受累沒關係，他們就是彼此的避風港。

另一方面，笨拙又直率的年下忠犬，配上流連花叢的慵懶浪子，是不是太戳性癖了！

技術不好可以教！但是童顏巨乳的天菜可是打著燈籠都找不到的！否則閱烏無數的督導也不會因此翻車XD

因為我是配角控，所以這次也很開心地寫了各種損友和互損扯後腿的橋段。損友都各自有故事，嗚予和大白友達以上戀人未滿的故事寫在《絕交進行式》，正文後半部提到的許律師也和跟蹤狂伴侶盧總有自己的追愛故事《當星星殞落》，希望之後有機會能寫其他人～

感謝出版社的邀約和編輯的各種協助，一路上受了很多人的幫助，若不是各位就沒有這次的本本！

最後感謝看到這邊的各位，有任何想法都請和我說，希望我們下次再見！

也歡迎大家來噗浪（@dreamdeath）或臉書（@dizzyingcom）找我玩！

莫斯卡托

高寶書版集團
gobooks.com.tw

FH021
談愛傷感情

作　　者　莫斯卡托
繪　　者　烏羽雨
編　　輯　薛怡冠
校　　對　林雨欣
美術編輯　林鈞儀
排　　版　彭立瑋
企　　劃　李欣霓、黃子晏

發 行 人　朱凱蕾
出　　版　朧月書版股份有限公司
　　　　　Hazy Moon Publishing Co., Ltd
地　　址　臺北市內湖區洲子街88號3樓
網　　址　www.gobooks.com.tw
電　　話　(02) 27992788
電　　郵　readers@gobooks.com.tw（讀者服務部）
傳　　真　出版部　(02) 27990909　行銷部 (02) 27993088
郵政劃撥　50404557
戶　　名　三日月書版股份有限公司
發　　行　英屬維京群島商高寶國際有限公司台灣分公司
　　　　　Global Group Holdings, Ltd.
初版日期　2022年3月

國家圖書館出版品預行編目(CIP)資料

談愛傷感情/莫斯卡托著.-- 初版. -- 臺北市：朧月書版股份有限公司出版：英屬維京群島高寶國際有限公司臺灣分公司發行, 2022.03-
面；　公分. --

ISBN 978-626-95424-5-1(平裝)

863.57　　110020458